길벗들에게

오형석 隨想錄

길벗들에게

초판인쇄 2024년 7월 8일
초판발행 2024년 7월 15일

지은이 | 오형석
펴낸이 | 서영애
펴낸곳 | 대양미디어

04559 서울시 중구 퇴계로45길 22-6(일호빌딩) 602호
전화 | (02)2276-0078
팩스 | (02)2267-7888

ISBN 979-11-6072-129-4 03810
값 15,000원

오형석 隨想錄

길벗들에게

건축사가 쓴 적멸 이야기

대양미디어

영혼

사람의 육신은 이 세상에서 부모로부터 받고, 사랑의 영혼은 저세상으로부터 타의(절대자)에 의해 왔다.

이 영혼이 바로 '나'이다.

영혼이(육신과 함께) 세상에 있는 동안에는 자유가 주어진다.

영혼의 이 세상 소풍이 끝나면 육신을 벗고 떠난다. 이때부터 절대자의 통제를 받으며 그의 법(율례)에 따라 처리된다.

무신론자는 영혼의 존재를 믿지 않으며 육신이 '나'인 줄 알고 주어진 자유를 즐긴다. 이 자유 뒤에 따르는 책임을 전혀 모른 채.

영혼의 존재를 어떻게 아느냐고?

영혼이 없다면 '나'가 없다. 즉 나를 나라고 인식하는 그 의식체가 바로 영혼이다. 영혼이 없다면 마음도 생각도 창조도 없다.

내세가 있고 영혼도 있으므로 종교가 있는 것이다. 성경, 코란, 불경 다 이 영혼 때문에 있는 것이다.

영혼을 우리 토속신앙에서 혼(혼불)이라 하며, 기독교와 유대교는 '영혼', 이슬람교는 '루', 힌두교는 '아트마', 불교에서는 '참나 또는 의식체', 티벳불교에서는 '릭파'라고 한다.

영혼은 절대자의 통제를 받으며 수행은 절대자와 부합하기 위한 준비과정이며 이 과정에서 만난 사람이 도반 즉 길벗인 것이다.

차 례

책머리에 영혼 · 4

<u>제1부</u> 꿀림 그리고 자유

개 이야기 · 13

걱정 1 · 16

꿀림 그리고 자유 · 19

넋두리 1-후회 · 22

넋두리 2-노인수칙(Rules for Aging) · 25

넋두리 3-제일 무서운 것 · 28

단순과 바보 · 31

당 이야기 · 34

당랑거철(螳螂拒轍) 이야기 · 37

동이국(東夷國) · 40

바람 이야기 · 44

반디기 · 49

반성(反省) · 52

불공평은 없다 · 55

사랑 이야기 · 57

제2부 섭섭 마귀

새 · 69

생각 1 · 72

섭섭 마귀 · 76

쇠고기 · 79

수호천사와 자랑 · 82

스트레스(Stress) · 85

시공(時空) · 88

얼간이 · 91

여당(與黨)과 야당(野黨) · 94

우주-무한대와 극미(極微) · 97

인사(人事) 이야기 · 101

인연(因緣) · 104

잠-영혼의 외출 · 107

줄탁지기(啐啄之機) · 110

청문회(聽聞會) · 113

행(幸)과 복(福) · 116

제3부 오온(五蘊) 이야기

걱정 2 • 121

공존(Co-existence)과 편 가르기 • 124

길벗 1 • 126

길벗 2-도반 예찬 • 129

등신 • 131

리더 예찬 • 134

마음 1 • 137

마하(摩訶) 이야기 • 147

오온(五蘊) 이야기 • 150

욕심(慾心)-결핍증(缺乏症) • 154

유아독존(唯我獨尊) 이야기 • 157

종교는 하나 1 • 159

종교는 하나 2 • 168

허우대 1 • 174

허우대 2 • 177

후광(後光) 이야기 • 180

제4부 명상(瞑想)과 기도(祈禱)

명상(瞑想)과 기도(祈禱) · 185

명상-멍 때리기 · 189

명상-섭섭 마귀 내쫓기 · 193

명상-하염없이 걷기 · 196

득도의 단계 · 199

문(門: Door) 이야기 · 202

바둑 이야기 1 · 205

바둑 이야기 2 · 208

바둑 이야기 3 · 211

수행과 컴퓨터 · 215

숨 이야기 1 · 218

숨 이야기 2 · 220

욕심(慾心) · 223

웃음 · 226

일체유심조(一切唯心造) · 229

입과 묵언 수행 · 232

9

제5부 자비(慈悲) 이야기

의식(意識 : Consciousness) 1 · 237

의식(意識 : Consciousness) 2 · 241

의식 3-악업(惡業)과 감사(感謝) · 243

의식 4-3계(三界)와 6도(六途) · 248

자비(慈悲) 이야기 · 252

적멸(寂滅) 1-죽음 · 255

적멸(寂滅) 2-죽음의 신비 · 261

적멸(寂滅) 3-삶과 죽음 · 266

적멸(寂滅) 4-죽지 않는 사람 · 269

적멸(寂滅) 5-평온 · 272

적멸(寂滅) 6-육신의 처리(죽을 준비) · 275

적멸(寂滅) 7-이승과 저승 · 279

적멸(寂滅) 8-임종(臨終) 이야기 · 283

적멸(寂滅) 9-죽음의 기술 · 286

적멸(寂滅) 10-잘 죽는다는 것 · 290

적멸(寂滅) 11-의식체(혼)의 상태 · 292

제1부

꿀림 그리고 자유

개 이야기

수행 얘기는 잠시 접어두고 개 이야기 좀 합시다.

개(犬)가 충직한 동물인 것은 다 아는 사실이고….

개는요 호랑이 앞에 꼼짝 못 합니다. 고양이 앞에 쥐처럼. 왜 그럴까요? 유전자 탓?

'개호주'는 지리산 부근의 사투리로 '개오지'라고 합니다. 어린 시절 떼쓰고 억지 부리면 "울지 마레이~ 개오지 온데이!" 하고 누나들이 겁을 주었고, 개구쟁이 이빨 체인지되는 나이가 되면 "이빨 빠진 개오지 뭐 묵고 사노!?" 하고 동네 사람들이 놀리기도 했지요.

사전에서는 '개호주'를 호랑이 새끼라고 풀이되어 있지만, 원래 범이라는 놈이 늙고 이빨이 빠져서 산속에서의 사냥 능력을 상실하게 되면 놈은 얼마나 배가 고팠던지 사람한테서 나오는 고약한 냄새를 무릅쓰고 호랑이 체면을 구기면서까지 산 아랫마을로 내려오는데 이놈이 바로 '개호주'입니다. 호랑이의 출몰에 동네 사람들은 대문을 닫고 방문을 걸고 숨을 죽이니 집 지키던 개도 덩달아 겁을 먹고는 짖지도 싸워 볼 엄두도 못 내고서 그냥 선 채로 굳어져서 개호주의 망가리(샛참:아랍어) 신세가 되어버리는 거예요.

그러나 사냥꾼을 주인으로 모시는 개는요, 과감하게 호랑이에게 덤빕니다. 호랑이 발자국을 따라 주인 명령도 없이 그냥 호랑이를 공격하여 심지어 호랑이가 나무 위로 피신한 경우도 있었다고 합니다. "유전자가 바뀌었나?" 아닙니다. 이놈은 믿는 구석이 있기 때문이지요. 믿음, 즉 신념 말입니다. "우리 주인과 그의 장총은 그 무엇이나 잡을 수 있다"라고 확실한 믿음을 가진 개는 겁나는 짐승이 없는 거예요.

정말로, 우리 모두도 신념(믿음) 하나로 버티는 것 아닙니까? 신념은요 능력을 창조한답니다.

그리고 개에 대한 오해 하나 풀고 갑시다.

사람들은 보통 식물 이름 앞에 '개'자를 붙여 개나리, 개살구, 개꽃 등 '질이 조금 낮은 품종'을 나타내고, 개꿈처럼 '턱도 아님'을 뜻하고, 개떡처럼 '저급 음식'을 표현하며, 개죽음, 개 값, 개꼴, 개망신 등 '허망함'을 표시하며, 개뿔, 개털, 개뼉다귀 등 '가치 없음'을 말하고, 개판 개나발 등 '일의 혼란'을 나타내며, 심지어 '이런 개 같은!' '개 소리 말라 우!' 등 '부정적인 측면'으로 사용합니다.

그런데 여기서 접두어로 쓰이는 '개'자는 절대로 개(犬)를 말하는 게 아닙니다. '개'자는 명사 형용사 동사 앞에서 행위(일)나 품질의 낮은 등급을 표현하는데 사전에는 '좋은 것이 아닌' '함부로 된'으로 풀이합니다. '참'에 대한 모자란다는 뜻입니다. 이것은 한자의 개(槪)자에서 온 것 같기도 한데, 개(槪)는 우리말로 평미레이며 곡식을 계량할 때 되나 말의 상단을 미는 몽둥이로서 정밀하지 못한 개략적(槪略的)인 계량이 되기 때문입니다. 하여튼 우리가 기르는 개(犬)를 일컫는 것이 아님이 분명합니다. 만물의 영장인 사람이 이 충직한 가축을 나쁘게 욕할 리가 있나요?

여기서 잘 훈련된 개는 견(犬)이며, 훈련이 안된 개는 구(拘)라고 합니다.

이후로는 개(犬)를 개(拘)로 잘못 알고 있다가 개(犬)한테 물려도 난 모르오.

Jan. 9. 2006. 개띠해

걱정 1

천상병 님은 "이 세상의 소풍은 참으로 즐거웠노라!"라고 노래했습니다.

인생길에는 온갖 '걱정'이 동행합니다. 의식주 걱정, 부모 형제 자식 걱정, 병 걱정, 나라 걱정, 돈 걱정, 도둑 걱정, 사고 걱정… 심지어 하늘이 무너질까 걱정하면서 즐겁지 못하게 살아갑니다. 그런데 이런 걱정의 대부분(90% 이상)은 실제로 닥치지도 않았고, 또 오지도 않을 걱정을 미리 앞당겨 하는 '헛걱정'이라고 합니다.

혹자는 미래의 실패와 불이익을 막기 위해 미리 단속하는 것이니 걱정도 필요하다고 말하기도 합니다. 그러나 단속은 실행계획이 이미 실천(Action)에 들어간 행동의 진행이지만, 행동이 없는 걱정과 염려는 머릿속으로만 하는 것이므로 독이 된다는 이야기입니다.

'Walsh'라는 학자가 걱정의 무서움에 대해 길게 설명했는데, 이해를 돕기 위해 그 진화와 결과를 표로 나타내면 다음과 같습니다.

걱정의 진화

진 화	상 태	반 응	결 과
걱 정 Anxiety	사람과 신과의 연관성의 이해 부족에서 일어나는 마음의 행동	정신 에너지의 과다소모로 몸에 해가 되는 생화학반응을 일으켜 병을 발생(동맥폐색, 소화불량 등)	불안, 초조, 애태움, 탐욕, 불친절, 비난 등으로 자신의 몸 세포가 공격을 받음 (세포 변이, 질병)
두려움 Fear	걱정의 발달된 상태 (마음·육신)	정신과 육체에 치명적 반응으로 나타남(발전)	
미 움 Hate	가장 위험한 정신상태 (상대에 대한 미움)	몸에 독이 퍼짐	

이처럼 걱정은 부정적 마음을 만들고 나아가 육신의 병을 만듭니다.

"걱정도 팔자다"라는 말이 있습니다. 팔자는 운명입니다. 운명이란 '초인적인 위력으로 인간을 지배하는 것'이란 뜻이며 '천명'은 '하늘이 준 인간의 운명'이라 합니다. 이 관계를 곰곰이 씹어보면 사람의 팔자(인생행로)가 그 누군가에 의하여 조정(Operating)되고 있다는 생각이 들지 않습니까? 그 누군가는 영혼을 관장하는 하늘임이 틀림없습니다. '현재의 나의 처지는 과거의 나의 업(業)의 결과'라 했습니다. 고로 하늘이 사람의 팔자(운명) 조정에 입력하는 자재(material, data)는 그 사람의 업을 사용하는 게 분명합니다. 그렇다면 우리가 이 사실을 눈치챈 이상 우리가 입과 몸과 마음으로 짓는 모든 행위를 스스로 조정, 선별하여 행함으로써 자기의 팔자를 바꿀 수 있다는 것입니다.

걱정은 외적으로 관상이 나쁘게 되고 내적으로 마음이 소극적으로 되어 사업의 성공이 어렵게 된답니다. 즉 멀쩡한 팔자를 쓸데없는 걱정으로 형편없는 팔자로 만들어 버린다는 것입니다. 이쯤에서 쓸데없는 걱정으로 심신을 망가뜨리고 운명을 나쁘게 바꾸는 우를 범하지 말자고 제안합니다.

성공하는 사람들은 걱정을 안 한답니다. 이들은 생각보다 실행 (Action)이 먼저랍니다.

성경에 '염려(걱정)는 천천히 하는 자살'이라 했고, '신을 알면 걱정 따윈 하지 않는다'라고 했습니다. 걱정거리가 생기면 예수님이나 부처님에게 퍼 넘겨버리고 발 씻고 잡시다.

꿀림 그리고 자유

비록 한심스런 생(生)이었어도 말입네다, 일흔 밑자리 깔고 보니까는 세상에 꿀릴 게 하나도 없습네다!

- 부(富)도, 권(權)도, 도(道)도 이루지 못한 주제에 꿀릴 일이 없음은, 어차피 결승점이 저만치 보이기 때문일 것입네다.
- 졸서(拙書)와 둔필(鈍筆)에도 부끄러워 못함은, 세월의 뙤약볕에 낯짝이 두꺼워진 때문일 것입네다.
- 노약자석에 그냥 앉아도 꿀리지 않음은, 북망산 영향권에 진입한 탓일 것입네다.
- 술 신세 밥 신세 수월찮게 지고도 도무지 꿀리지를 아니하니 이 무슨 해괴망측(駭怪罔測)한 조화이당가?!

'진정한 자유'는 '버림'과 '솔직함'이라 카데요!

- 다 버린다면~~, 다 포기한다면~~, 꿀릴 게 뭐가 있갔소?
- 정직하다면~~, 솔직하다면~~, 겁나고 무서울 게 머이가 있간디!

한 고승이 달라이 라마(텐진 가초)를 찾아와서 어떤 차원 높은 수행법의 실천에 대하여 의논했답니다. 달라이 라마는 그 고승이 자기보다 깨달음의 경지가 훨씬 높은 분이기에 그냥 무심코 "그 수행법은 10대 중반쯤에서 시작하는 고된 수행법이 아닌가요?!" 하고 이야기했답니다. 얼마 후 그 고승은 주저 없이 자살을 해버렸답니다. 그 이유는 다시 젊은 몸으로 태어나서 그 차원 높은 수행법을 실천하기 위해서였다고 합니다. 그는 자기가 깨달음을 완성하는 데는 한 생이 더 필요함을 이미 알았고 그 길을 한시라도 빨리 단축시키기 위해 육신을 헌신짝처럼 버린 것입니다.

"꿀릴 게 없다!"던 어느 동갑내기 김해 양반이 곳곳에다 편 가르기 골을 깊이 파 놓고는 스스로 이 세상 소풍을 중단했습니다. 이승 갑장 저승 선배 될 그는 '타의로 왔다가 자의로 떠남'을 과감히 선택했는데… 진정한 자유를 찾아서였나요? 아니면 깨달음의 시간 단축이 그 목적이었을까요? 헷갈립네다.

하지만, 아무리 "꿀릴 게 없다!"캐도 두 가지 꿀림은 남아있으니….
  - 죽치게 사랑과 도움을 받고만 살아온 일생, 그 신세 갚지 못해 몹시 꿀립네다.
  - 병들어 죽는 날까지… 그 기간이 짧거나 혹은 길거나, 또 다른 손의 신세를 질 것이며, 죽어 애물단지 될 이내 육신~~.

거적 데기 둘둘 말아 북망산 응달 켠에 소리 없이 버려져 암
골산 갈까마귀 요깃거리로 족하련만~~. 내가 쓰던 이 폐품
(몸뚱어리) 스스로 처리 못 해, 죽은 뒤도 남의 손 빌어 청소돼
야 할 운명이니 그 또한 매우 매우 꿀립네다.

Nov. 16. 2009.

넋두리 1 - 후회

생물학에서 동물은 그 성장기의 5배 정도를 산다고 합니다. 인간이 25년간 성장한다고 보면 얼추 125세까지 산다는 야그인데…. 그래 봐야 인간의 일평생은 영혼의 관점에서 보면 촛불이 깜박하는 한순간, 즉 찰나에 불과하다고 합니다. 구약시대에는 사람의 수명이 매우 길었습니다. 무드셀라는 969세까지 살았습니다. 특히 저승사자 있는 줄 모르고 입시울 잘못 놀렸다가 덜컥 체포되어 생을 마감한 동방삭이도 호부 18만 년밖에 못살았고요….

영생의 길은 수 없는 윤회로서도 터득하기 힘든 것, 어린 중생들은
- 61세 환갑(還甲)이라 십간에 십이지를 한 바퀴 돌았다고 파티허고,
- 70세 고희(古稀)라 여기까지 살기도 어렵다 해서 파티허고,
- 77세 희수(喜壽)라 희의 초서가 七+七 같다고 괜히 기뻐서 파

티허고,

- 80세 하수(下壽)라 영혼의 길 좀 알았다고 파티허고,
- 88세 미수(米壽)라 八 + 八 '쌀 미'자 같아 핑계 삼아 파티허고,
- 99세 백수(白壽)라 눈 쌓인 준봉 성스러워 또 파티허고,

  (百 - 1 = 白)

- 110세 중수(中壽)라 긴 수행 길 잘 익었다고 파티허고,
- 120세 상수(上壽)라 깨달음을 노래하며 파티(해야 하나?)

오래 사는 것은 천복이지요(건강하다면). 하나의 영혼이 육신을 바꾸지 않고도 잘 익었으니 하늘의 큰 선물이지요. 세상이 평온한 시대, 즉 의식의 황금시대에는 인간의 수명이 길었고, 오늘날의 이 지구촌에는 사람들의 '의식 저하'로 육체적 정신적 고통이 만연하여 수명이 짧다고 합니다.

그러나 무조건 오래 사는 게 능사일까요? 벽에다 뼁칠하면서 말입니다.

선각자들은 "오래 사는 게 중요한 게 아니고 어떻게 사느냐가 중요하다"라고 말합니다. 그중에서도 '후회 없는 삶'이 '가장 잘 사는 삶'이라고 했습니다.

여기 슬픈 '후회의 넋두리'가 있네요.

- 즐겁게 살 생각은 못 하고 고민만 했던 … '어리석음'
- 남을 너무 의식한 삶 … '쓸데없던 책임과 의무들'
- 놀지 못하고 초라하기만 했던 삶 … '불안한 삶'

- 스스로 사랑하지 못했던 삶 ⋯ '수행이 게을렀던 삶'
- 한없는 부모의 사랑을 알아차리지 못한 ⋯ '어리석음'
- 수많은 신세를 못 갚은 삶 ⋯ '짐'

우리 세대 대다수의 공통사항 아닐까요?

그러나 후회는 필요 없습니다. 왜냐면 후회는 아무리 빨리해도 이미 늦은 거니까요. 후회보다는 '감사(感謝)와 반성(反省)'이 '영혼의 정제'에 최고 좋답니다.

Sep. 15.

넋두리 2-노인수칙Rules for Aging

육신과 정신이 멀쩡하다 캐도 지공 선생이 되면 저절로 늙은이 취급을 당하는 기라요. 이제 고령화 시대가 되어 본의 아니게 오래 살게 되는 불상사(?)를 당할 수밖에 없는데 "어찌해야 후예들에게 짐 안 되는 지혜로운 삶이 될꼬!?~~ 인도 사람들 멩키로 툴툴 털고 그냥 알몸으로 나설 수 있는 배짱도 없고~~."

- 나이 들면 우선 몸을 깨끗이 해야 한다오. 늙은 육신은 항시 냄새가 나는 법이라오.
- 나이 들면 아는 척 말아야 한다오. 지식 분야에는 젊은 세대가 이미 한참 앞섰다오. 사실 컴맹 폰맹에다 각종 기기 기계 조작맹에다 심지어 독수리 타법도 안 되니 첨단지식에 어느 하나 적응되는 게 있어야지요!
- 나이 들면 큰소리 치질 말아야 한다오. 그도 그럴 것이 전수해 줄 지식(知識)이 있나!? 뽐낼 지혜(智慧)가 있나!? 남겨 줄 재산(財産)이 있나!? 더욱이 좋은 제도를 자랑하는 훌륭한 나라

를 넘겨주기나 하나!? 내내 당파싸움과 부정부패만 디립다 보여 줬으니~. 후손들이 원망이나 안 힐는지~.

- 나이 들면 몸 아프다는 말 안 해야 한다오. 육신이 늙으면 당연히 아픈 법, 내 자식이라도 듣기 좋겠는가? 그냥 "영혼이 껍데기 벗으려는 신호인가 부다!" 하고 참는 데까지 참아보세(잘 될지 몰라도~).

- 그라고 지하철에서 젊은이 앞에 서지 말아야 한다오. 얼마나 부담되겠는가? 또 어쩌다 자리를 양보받더라도 싸가지(4가지 : 인사, 감사, 예의, 사랑)없는 어른일랑 되지 마세.
  또 배낭 지고 산에 감서 빈자리 차지하려 허우적대는 꼴도 추해 보인다네. 다리가 튼튼하니 산에 가는 것 아닌감?

인생은 60부터라는 말이 있지요. 이제는 옛날 말이 되었습니다만, 사실 이 말은 평생 동안 먹고 사는 일에 쫓기던 손을 놓고 이제부터 죽어서 갈 길을 챙기라는 이야깁니다. 저 가슴 깊숙이 박아두고 기다렸던 '수행의 길'에 본격적으로 속도를 내는 60이라는 말입니다.

"어영부영 살다가 내 이래 될 줄 알았다 카이~!" 버나드 쇼의 비문입니다. 이 선배 문학과 예술에서 날고 기던 양반인데 우째 이런 말을!~~. 아마도 이 어른 부와 명예를 잡았겠지만 죽음의 문 앞에서는 아차! 자기가 가는 황천길을 너무나 몰랐음을 후회하는 말일 것입니다. 수행을 미룬 것을 말입니다. 천국 가는 데에 영 자신이 없었던 것 아닐까요? 수행에 게으른 우리들을 매우 나무라는 것 같네요.

님네들! 늙어도 청청한 소나무처럼. 대숲에 노니는 바람 같은 노년의 삶이길 바랍니다.

Nov. 15. 2008.

넋두리 3 - 제일 무서운 것

'가정맹어호(苛政猛於虎)'라, 공자님 말씀입니다. 가혹한 정치는 호랑이보다 무섭다는 뜻입니다.

공자님이 천하를 두루 돌아보는 길에 태산 기슭에 이르니 한 여인이 슬피 울고 있어 자초지종을 알아본즉 해마다 호랑이한테 아버님과 남편이 차례로 잡아먹혔는데 올해는 아들마저 희생되었답니다. "그럼 왜 호랑이가 우글대는 이곳에 사는가?" 물으매 여인은 "이곳은 세금이 없어요!"라고 하더랍니다.

세금을 이승사자라고 합니다. 가렴주구(苛斂誅求 : 세금을 혹독하게 징수하고 강제로 재물을 빼앗음)와 준민고택(浚民膏澤 : 백성의 재물을 몹시 착취하여 괴롭힘) 또한 관이 법이라는 무기로 자기 국민을 죽이는 행위입니다.

곶감이 제일 무섭던 철없는 시절을 빼고, 사실 인류가 집단생활로 국가의 형태를 갖춘 이래 오늘날까지 이 '세금'이라는 놈이 '최고 무서운 것'의 부동의 1위 자리를 고수하고 있는 것입니다.

세금이 제일 무섭다는 것은 그것의 과중함과 그것을 내지 못했을 때의 작두날같이 사정없는 처벌 때문이며, 사람들이 세금을 내기 싫어함은 그것이 잘못 쓰이거나 새어나가기 때문입니다.

아침나절 위성도시에서 올라오는 지하철 내에는 많은 지공 선생들이 하나같이 골(火)이 난 표정들로 앉아있습니다. 은행 빚 안은 딸랑 집 한 채에는 해마다 평가액이 높아지고 없는 집 제사처럼 때를 잊지 않고 찾아오는 무서운 고지서는 입을 것 먹을 것에 소주 한 잔까지 줄여야만 맞출 수 있는 형편이 서러운데~~. 공직자의 수는 어찌 그리 많으며, 화면마다 뜨는 위정자들의 두꺼운 얼굴은 모두의 속을 뒤집어 놓는데, 어디에다가 어떻게 세금을 사용하는지 삶의 질은 나아지지 않고, 지하철 속의 불쌍한 사람은 왜 줄어들지 않는지~~~.
노인의 얼굴에 미소가 피어나고 눈빛마다 사랑이 가득하며 누구나 즐거운 마음으로 앞다투어 세금을 낼 수 있도록 이끄는 그런 의식 높은 리더(Leader)는 다 죽었단 말인가요?

인류가 발명한 무기 중 가장 유용하면서도 가장 무서운 것이 '세금'입니다. 선진국에서는 매우 효용 있게 쓰이기도 하지만, 일반적으로 이것이 수탈의 방법으로 거두어지거나 그 쓰임이 부도덕할 때는 묘하게도 이놈은 적이 오기도 전에 서서히 자국부터 썩혀 패망시켜 버리는 병균이 됩니다. 병서(兵書)의 병세편(兵勢篇)

에도 '내부 사기 저하'의 무서움에 대한 경종이 있지요.

님네들! 그러나 우리 수행자(修行者)에게는 훨씬 더 무서운 게 있습니다.
깨달음의 길은 까마득한데 뒤도 돌아보지 않고 내빼는 저 '세월'이라는 놈 말입니다.

Apr. 08.

단순과 바보

"단순한 것이 아름답다(Simple is beautiful)."라 했습니다. 간단한 것이 아름답다는 이야깁니다. 단순한 마음은 깨달음으로 가는 필수 조건입니다. 단순해지려면 우선 잡생각이 없어야 합니다. 생각은 마음이 만들어 내는 물건이므로 먼저 생각 공장인 마음부터 단순하게 만들어야 합니다. 최고로 단순한 마음은 무심(無心)입니다. 마음이 없어져 멍청해져 버렸으니 무엇을 생각하고 자시고 할 수도 없어졌습니다. 어린애처럼 단순해졌으니 마냥 즐겁습니다.

단순해야만 전투에서 승리합니다. '전(戰)'자는 '단순 단(單)'자에 '창 과(戈)'인데 단순하게 싸운다는 뜻입니다. 전술(戰術)은 간단히 싸우는 기술이며 작전(作戰)은 싸움을 간단하게 만드는 일입니다. 진지나 무기뿐 아니라 전투에 임하는 사람들의 마음도 단순하게 만듭니다. 정신통일입니다. 하나의 목표에 집중시킨다는 뜻입니다. 작전이 복잡하면 모두 헷갈리게 됩니다. 또 전략(戰略)은 더 큰 범위의 작전인데 간단한 것을 더 줄인다는 뜻으로 상위 부대일

수록 범위는 크지만 내용은 단순한 것입니다. 사업 또한 그러합니다.

우리가 가부좌를 틀고 앉아서 하는 참선 수행의 선(禪)은 범어(산스크리트)의 드얀(Dhyan)에서 온 것인데 일본인은 젠(Zhen)이라 발음합니다. 禪은 간단히(單) + 본다(示)인데 마음을 간단하게 한다, 비운다, 또는 없앤다 입니다. 여기에서 마음은 구별심입니다. '선경(禪境 : 삼매 = 사맛디)'에 든다는 것은(仙境이 아님) 가장 단순한 마음의 경지(무심 무아)까지 들어간다는 뜻입니다. 선 또한 마음을 단순 덩어리로 만들기 위한 수행 방법입니다. 무심이 곧 무욕이며 깨끗한 영혼이 되어 자동으로 신의 동네에 이르니 이것이 바로 깨달음이지요.

플라톤은 "성스러움은 단순한 것이다(상타 심플리타, Sancta simplita)"라고 했습니다. 사람이 단순해진다는 것은 바보가 되는 것입니다. 그러니 바보는 성스러운 것입니다. 토정 선생은 "다투지 않는 것이 가장 강하다" 했으니 바보는 천하무적입니다. 바보는 가장 단순하니 가장 신에 가깝습니다. 바보 얼간이 장애자 이런 분들의 마음이 가장 단순하며 이들의 생은 윤회의 마지막 생으로서 천국에 들어가는 영순위라고 합니다. 순진무구만이 진리(신의 왕국에 들어가는)를 아는 단 하나의 길이랍니다. 지하철이나 길에서 이런 분을 만나면 "아! 성인이 나시도다!" 하고 형편 되는대로 보시합시다. 그러면 마음이 단순해집니다.

July. 10. 2006.

양치기 소년이 하도 부도를 내니 동네 사람들은 걔를 빼 버리고 이번엔 바보 얼간이를 내보냈다. 늑대가 나타났다. 얼간이는 급하게 소리쳤다. 그러나 동네 사람들이 아무도 오지 않았다. 왜냐하면 얼간이가 소리치기를 "늑대가 낙타 낳았다~!"

(지하철역 공짜신문에서)

당 이야기

　정치인들이 모여서 의사(議事, Proceeding)를 토의하여 결정하는 곳이 의사당(議事堂)입니다. 여기는 건물이므로 집 당(堂)자를 씁니다. 의사당에는 각 정당(政黨)의 의원들이 모입니다. 정당의 당(黨)은 무리 당자입니다. 무리는 떼를 말합니다. 이 당(黨)자 속에는 검을 흑(黑)자가 들어있으니 곧 검은 무리입니다. 그래서 사람들은 정당을 정치하는 검은 패거리라고 부르기도 합니다. 국어사전에는 '정당이란 정치상의 이념이나 이상을 함께하는 사람들이 정권을 잡아 그 이념과 이상을 실현하고자 모인 단체'라고 풀이되어 있습니다. 정말 검은 무리처럼 풀이했네요.

　민주주의의 꽃을 피운 영미에서는 정당을 파티(Party)라고 합니다. 그 뜻은 국가의 큰 목표를 향해 함께 일하는 '분견대' 또는 '일행'입니다. 즉 국가의 목표(평화, 자유, 번영 등)는 이미 정해져 있고 이 목표를 달성하기 위해 목표에 이르는 좋은 길(방법)을 모색하고 서로 상의하는 '다른 팀', '다른 분임'입니다. 적어도 그들은 우리처럼 자기 당의 이상이나 이념을 위해 정권을 잡으려고 하는 무리는 아닌 것입니다.

국민은 조상의 당파싸움에 진저리를 치고 반성하는데도 작금의 많은 정치인의 흑심은 바뀌지 않았습니다. 그들은 저희끼리 똘똘 뭉쳐 철저히 당동벌이(黨同伐異)를 자행합니다. 일본도 우리처럼 무리 당자를 사용함에도 그들은 국내 일은 서로 티격태격하다가도 대외적 문제에는 당을 초월하여 뭉쳐 버립니다. 이 의식이 일본을 강대국, 초일류 국가로 만든 것입니다. 우리는 정치인의 의식 때문에 국민의 의식도 편이 갈라졌습니다.

그래서 이 당(黨)자를 바꿔야 합니다. '黨'이 좋겠네요. 黨은 마땅함입니다. 또 약속을 뜻하기도 합니다. 더군다나 이 글자 속에는 수많은 사람의 입(口)을 먹일 수 있는 큰 밭(田)도 있습니다.

정치(政治)는 '물(水)에 생명이 길러짐(台)을 더 좋게 바꾸고(正 : Change 또는 Revise) 꾸미는(文 : Design) 일'이라고 합니다. 국민의 삶을 더 좋게 다듬는 일입니다. 또 정치를 하려면 법(法)이라는 연장(도구)이 필요합니다. 이 연장으로 하는 것을 법치(法治)라 하는데, 법(法)은 물(水)이 범람하지 않고 잘 흘러감(去 : 거)이며 치(治)는 물(水)에 생명이 잘 길러짐(台 : 태)이니 법치는 물 흐르듯 하는 정치입니다.

불가(佛家)에서는 우주의 진리(眞理 : Dharma)를 법(法)이라 합니다. 법구(法久)하면 영원히 변치 않는 진리입니다. 자연입니다.

오늘날 권력욕이라는 사탄이 창궐하여 사람들의 의식을 타락시키고 있습니다.

높은 의식의 정치인들이 정당(政當)을 만들어 물 흐르듯 정치하는 그런 나라는 언제쯤 올까요? 안 기다리는 게 속이 편할까요?

당랑거철螳螂拒轍 이야기

여름철 논밭이나 풀밭에는 사마귀가 많이 있습니다. 사마귀는 곤충 중에서도 그 모양새나 성질이 참으로 특이합니다. 이놈을 잡아 손등에 난 무사마귀에 갖다 대면 강한 입으로 이것을 뜯어 먹습니다. 이놈은 사람 피부의 무사마귀도 뜯어먹고 동료 사마귀도 뜯어 먹습니다. 이놈의 얼굴을 보면 역삼각형의 머리 아래쪽에 입이 있는데 그 턱이 매우 강력합니다. 고개를 좌우 상하로 흔들며 삼각형 상부의 두 꼭짓점에 붙은 눈으로 먹잇감을 노리는 형상은 당당하고 거만합니다. 사마귀 최고의 무기는 몸체보다 훨씬 전방까지 튀어 나갈 수 있는 두 개의 앞다리인데 그 모양이 무시무시합니다. 길고 굵은 도리깨처럼 꺾여 있는데, 마치 청룡언월도에다 뾰족 칼을 줄지어 용접해 붙인 모습으로 요즘 어린이 장난감 중 변신 로봇의 무쇠 팔과 흡사합니다. 게다가 등에 장착된 큰 날개는 항상 위치이동과 이착륙이 가능합니다.

당랑거철(螳螂拒轍)이라고 이놈은 생긴 대로 놉니다. 당(螳)은 사마귀, 랑(螂)은 이놈의 별호인데, 거철(拒轍), 즉 수레바퀴가 제 앞으로 굴러와도 피하기는커녕 아예 맞선다는 것입니다. 어떤 강적이라도 절대로 도망가지 않습니다. 어린 새끼일지라도 사람이 손을 대면 즉시 공격 자세를 취합니다. 후퇴는 없다. '임전무퇴'의 DNA로 무장된 이놈을 우리 조상님들은 자기 분수를 모르고 날뛰는 인간들의 '무모한 행동'을 교화하는 데에 이용하여 왔습니다.

옛 분들은 사마귀를 버마재비, 즉 '범 아재비'라 불렀습니다. 그 용감성이 호랑이의 아저씨뻘이 된다는 것입니다. 동물계의 최상위 포식자인 호랑이도 사냥꾼이 오거나 곶감(串枾 : 관시) 소리만 들어도 얼른 피하는데 이놈은 그 누구를 막론하고 덤비기 때문입니다. 여기서 아재비는 아저씨의 예사낮춤 말이며 방계(傍系) 가족의 한 항열(行列) 위가 바로 아저씨 또는 아재가 됩니다. 씨족끼리 모여 살던 마을에서는 아재가 집안 내 조카들의 훈육 및 질서예절 교육을 도맡았으니 조카들 눈에는 슈퍼맨으로 보였겠지요. 보통 친구끼리도 "내가 너 아재비다" 하면 "내가 너보다 한 수 위다."라는 뜻이 됩니다.

인간 세상에도 가소로운 사람이 더러 있습니다. 제법 많은 젊은이들이 노인을 꼰대라고 무시하는 시건방을 떱니다. 그들은 오늘의 이 번영이 처음부터 있었던 것으로 알고 있습니다. 그들은 고난과 배고픔을 경험해보지 못했기 때문입니다. 하지만 내버려 둘 수밖에 없습니다. 수행은 누가 대신해 줄 수 없기 때문이지요.

병법에 지피지기는 백전백승(知彼知己 百戰百勝)이라 했습니다. 이 세상에는 나보다 센 놈이 더 많으며 함부로 덤비면 남는 게 없다는 진리가 깔려있습니다.

당당하고 자신감 넘치는 자세, 참 멋집니다. 그러나 여기에다 겸손 겸(謙)자 정도는 알고 사는 사람이 더 멋집니다.

동이국 東夷國

　동이국은 옛 중국 사람들이 우리나라를 일컫는 이름이었으며 그 원래의 뜻은 '동쪽의 깨달은 사람들이 사는 나라'입니다. 옛 중국의 혜인들은 이 동이국에 가(살아) 보는 게 소원(欲居〈去〉九夷)이었다고 합니다. 이 땅은 깨끗하고 아름답고 성스러운 곳이며 사람들의 의식이 매우 높고 슬기로우며 하얀 옷을 입고 평화롭게 살았답니다.

　"단군께서 이 땅에 터를 잡고 진리와 도덕을 바탕으로 한 홍익인간의 이념 아래 백성을 영혼이 아름다운 사람으로 교육하여 지상 낙원을 이루었다. 당시는 한반도뿐 아니라 만주와 중국 북부까지 아우르는 큰 땅이었다."(고 강동민 선생 글, 한민족문화연구원)

　그런데 훗날(당나라 이후) 의식이 낮은 사람들이 나타나서 이 땅의 사람을 동이족이라 하며 활을 잘 쏘는 동쪽의 야만족이라 폄하하게 되었습니다. 이들은 속 좁은 중국 내의 정치가와 역사가 들이며, 또 근세에 와서는 일본인들로서 반도 식민사관과 한민족 정신 말살 정책에 따른 역사 왜곡의 결과입니다. 심지어 그중에는 일제 교육을 받은 우리나라의 학자들도 있었습니다. 더구나 이(夷)자 속에 활 궁(弓)자가 들어있다고 하여 엉터리로 지어낸 주변국 학자의 저질성도 문제지만 지금도 우리의 사전이나 옥편에서까지 이렇게 해석, 수록하고 감수하는 우리나라의 학자들도 참 한심스럽습니다. 이(夷)자는 지금까지도 동양 3국에서 적의 의미로 쓰이고 있습니다.

이(夷)자는 깨달은 사람(의식이 하늘에 닿은 사람)을 나타낸다고 봅니다. 활을 잘 쏘는 사람이면 활 궁자 위에 '一'자가 왜 있겠습니까? 원래 '一'은 하늘을 뜻합니다.

노자(老子)는 도덕경 25장에서 도(道)를 만물의 어머니라 했습니다. 그리고 나는 그 이름을 모르겠다(吾不知其名)고 했습니다. 그러니 도는 하느님(창조주)으로 볼 수 있습니다. 또 노자는 도를 무(無)와 이(理)와 황홀(恍惚)이라 했는데 그 첫째의 무(無)는 보이지 않으므로 미(微)이고 들리지 않으므로 희(希)이며 만져지지 않으므로 이(夷)라 했습니다. 그러므로 이(夷)는 '조물주(하늘)의 성품(덕성)'의 하나로서 성스러운 것이며 활(弓)이나 야만족과는 전혀 관계가 없는 것입니다.

'一 + 弓'은 생명나무를 나타낸다고 봅니다 성경(창 2:9, 3:22, 요한계 2:7 등)과 카발라(유대교)에서 말하는 그 생명나무 말입니다. 불교에서는 깨달음의 나무(아소카왕)가 있습니다. 각 종교에서 수행의 단계가 기독교 5단계(5-vision), 불교 8단계(8 정도), 유대교 10단계(10-sepirod), 이슬람 5단계(5-column)로 되어 있는데 이들 수행단계는 계단 또는 사다리 모양으로 표시할 수 있으며 특히 유대교(카발라)에서는 사다리와 지그재그의 합친 모양으로 표시합니다. 이것은 수행의 각 단계(의식의 확장로)에 따라 혼이 하늘에 닿는(신과 합일) 과정을 알기 쉽게 나타낸 것입니다. 그러므로 이(夷)는 사람(人)이 수행의 사다리 속으로 들어갔으니 깨달은 사람을 나타냅니다. 고로 동이족은 깨달은 민족, 의식이 하늘과 닿은 사람들이라는 뜻입니다. 펄벅 여사도 "한국은 고상한 사람들이 사는 나라"라고 하였습니다.

부처를 한자로 불타(佛陀)로 표기하는데 불(佛)은 깨달은 사람 또는 수행(弗)하는 사람(人)입니다. 그러므로 동이국(東夷國)은 의식이 하늘에 닿은(깨달음) 사람들이 사는 나라입니다. 이러니 옛 중국인들은 우리나라가 얼마나 부러웠겠습니까?

중국의 동북공정으로 우리 민족의 과거 역사가 심히 훼손, 왜곡되고 있습니다. 이 와중에 우리나라를 스스로 약소국이라 말하는 한심한 지도자도 있네요. 땅이 작다고 약소국인가요? 땅 넓이로 강대국 약소국이 결정되는 것이 아닙니다. 일본은 땅이 작아도 강대국이며 국민의 의식이 높아 세계의 몇 안 되는 초일류 국가입니다. 스위스도 땅이 작지만 약소국이라 하지 않습니다. 스위스는 아무도 침공하지 못합니다. 그들의 정신력을 알기 때문입니다. 침공해 봤자 잃는 것이 훨씬 많기 때문입니다. 그래서 그들은 수백 년간을 바티칸 용병을 맡고 있습니다.

국민의식이 높으면 강대국입니다. 우리는 우수한 두뇌를 가진 국민이며, 우리는 막강한 정신력의 육, 해, 공, 해병을 만들어 냈고 수많은 지식인과 산업인력을 길러냈습니다. 또 경제 대국, IT 강국, 스포츠 강국을 이루어 냈음에도 항상 그 의식이 낮고 권력욕에 찌든 리더로서의 품격이 모자라는 자들이 나타나 패거리를 만들어 헐뜯고 싸우는 통에 선진국 강대국이 되지 못하는 것입니다. 후손들이 걱정됩니다.

May. 5. 2010.

바람 이야기

"순풍에 돛 달고 배 저어간다. 물 맑은 봄 바다에~~." 젊은 시절 단전에 힘깨나 주었던 노래입니다. 바람은 지구라는 생명체가 숨을 쉬는 것이라고 합니다. 바닷가 사람들은 바람과 함께 삽니다.

'마파람'은 남풍입니다. 마풍(麻風)이라고도 합니다. 우리가 장마 또는 장마철이라고 하는 것은 긴 마파람의 계절을 말합니다. 이때는 계속 장마전선이 오르내리면서 비가 많이 오십니다. 남해안에서 생긴 "마파람에 게눈 감춘다"는 말은 게의 눈을 뜻하기도 하지만, 게 구멍을 말합니다. 낙지 눈(낙지 구멍), 바지락 눈(바지락 구멍) 모두 개펄의 숨구멍입니다. 썰물 때 개펄과 모래톱에는 온갖 종류의 게들이 나와 생을 즐깁니다. 그러다가 바다가 밀물로 바뀔 때는 쏴― 소리와 함께 마파람이 불면서 순식간에 물이 차오르지요. 이때 게들은 신속히 자기 구멍을 찾아 들어가지 못하면 밀물에 구멍 입구가 막혀 문어 밥이 되고 맙니다. 그러니 마파람이 부는 동시에 게들은 일제히 구멍으로 피신하는 것을 '게눈 감춘다' 고 합니다.

'갈바람'은 서풍입니다. 이것은 된 갈(북서풍)과 늦 갈(남서풍)로 구별됩니다.

된 갈(북서풍)은 '하늬바람'이라고 하며 동절기의 계절풍입니다. 모터가 없던 시절 다도해의 어부들이 포구로 돌아올 때 된 갈이 불면 돛을 올릴 수 없어 순전히 노를 저어 거슬러 올라와야 하는데 엄청나게 고생을 합니다. 요즘은 이놈이 황사와 미세먼지를 몰고 와 우리나라 전체를 괴롭힙니다.

늦 갈(남서풍)은 봄철에 부는데 이 바람은 중국 강남(양쯔강) 지방의 벼멸구를 싣고 온다고 합니다. 벼멸구는 우리나라 남부지방의 벼농사에 큰 피해를 주었습니다. 벼멸구는 우리나라에서 겨울을 넘길 수 없으니 벼멸구가 창궐하는 해는 늦 갈이 많이 불어오는 해입니다.

'샛 마'는 샛마파람으로 동남풍입니다. 우리나라의 여름철 계절풍이지요. 봄부터 끝 여름까지 불며 습도가 많아 남해안에 많은 비를 내리기도 합니다. 샛 마(동남풍)와 된 갈(북서풍)은 우리나라의 대표 계절풍으로 대부분 비행장의 활주로 방향이 결정됩니다.

'샛바람'은 동풍입니다. 남해에서는 주로 겨울철 새벽에 부는데 새벽 조업하는 어부들을 매우 힘들게 합니다. 이 바람은 차갑고 건조하므로 어부들 얼굴에 깊은 주름을 새기는 주범입니다.

'높새'는 높새바람이며 북동풍입니다. 녹새풍(綠塞風)이라 하며 차갑고 건조합니다. 늦겨울 동해안에 상륙하여 많은 눈을 영동 지방에 내리고는 습기가 없어진 상태로 산맥을 넘어오는 바람입니다. 고로 영서 지방은 건조하고 춥습니다.

'몽둥이 바람(지방 사투리)'이라고 들어 보았나요? '돌개바람(구풍: 颶風)'이라 하며 무서운 '돌풍'입니다.

남해안 포구 마을에는 음력 2월에 집집마다 제사가 있습니다. 아비 제사, 아들 제사···. 고기잡이 나갔다가 돌풍을 만난 남자들은 예고 없이 나타나는 이놈에게 희생되는데, 그나마 무덤이라도 있는 집은 돌풍 만난 어부가 자기 몸을 고기밥이 되기 전에 밧줄로 배의 널판이나 돛대에 묶어 요행히 파도에 밀려 갯가에 도달했을 때 시체나 건지도록 한 슬프디슬픈 마지막 몸부림의 흔적입니다.

이 시기에는 '한시'라고 하여 심한 해는 바닷가 오두막의 봉당에 벗어 둔 고무신이 동동 떠다닐 정도로 간만(밀물과 썰물)의 차이가 심할 때도 있습니다. 포구마을의 무서운 2월입니다.

정월 대보름 후 달포쯤 지나면 남해안 포구 마을마다 '할망내(지방 사투리)'라는 행사를 합니다. 텃밭의 지푸라기 아래서 겨울을 견딘 푸른 채소로 나물을 무치고 생선을 구워 음식을 장만하고, 황토를 사립문에서 부엌까지 뿌리고는 바닷바람을 관장하는 무서운 할망 신에게 이번 2월의 돌풍은 불지 말아 달라고 제사와 굿을 크게 합니다. 오랜 세월 정성의 결과로 할망은 먼 훗날 어부들에게 모터보트를 선물(?)했습니다. 고로 돛대가 없어졌으니 제사도 지내지 않게 되었습니다.

세상에는 무서운 바람이 많습니다.

남태평양에서 발생하여 동아시아를 강타하는 태풍(Taipoon), 서대서양에서 발생하여 카리브해와 멕시코만을 휩쓸고 미국 남부 해안을 강타하는 허리케인(Hurricane), 인도양의 사이클론(Cyclone)은 벵갈만을 강타합니다.

뉴질랜드 근해에서 남극대륙 쪽으로 부는 바람도 있답니다. 토네이도(Tornado)는 미국 대평원의 회오리바람인데 괜히 빙빙 돌면서 집과 재산을 비벼버립니다. 사막의 모래폭풍(Sand storm)은 중동에서 일하던 우리나라 사람들이 할라스(아랍어 : 끝장)바람이라 명명했는데 모래 자갈을 공중으로 날리며 여러 날 일을 못 하게 만듭니다. 뿐만 아니라 극지방은 심한 눈보라의 차가운 바람이 쉴새 없이 불어댑니다. 큰바람은 지진 화산과 같이 큰 재해가 되어 인간 세상을 덮칩니다.

아무튼 바람은 지구의 숨소리이며 큰바람은 지구 몸체가 스스로 발란스(Balance)를 맞추기 위해 부지런히 움직이는 것이랍니다.

지구는 고체(대륙), 액체(바다, 강, 호수), 기체(대기권)로 구성되고 그 안에 무수한 생명체를 안고 있는 하나의 큰 생명체라고 합니다. 지구의 몸살은 인류 탄생 이전부터 있어 왔고 현재는 인류가 만들어 내는 공해로 더 자주 몸살을 앓는다고 합니다. 공해로 인해 지구가 멸망하면 그 속의 모든 생명 또한 멸망하는 것입니다. 후손들을 위해 공해를 줄입시다.

Sep. 10.

반디기

바보 반디기가 밭일하시는 할머니의 소쿠리를 툭 칩니다. 동네 할매에게 인사하는 겁니다. 할머니는 인자하신 얼굴로

"반디기 어데 가노?"

반디기는 싱글벙글 웃기만 합니다.

"남구(나무) 하러 가나?"

반디기는 고개만 끄떡합니다.

"그라모 산으로 가야지 와(왜) 강 쪽으로 가노?"

반디기는 출래출래 내려갑니다.

"자(저 애) 속을 우예(어찌) 아노!"

반디기는 마을마다 한 명쯤 있는 바보입니다. 성도 모르고 나이도 모릅니다. 착하고 부지런합니다. 장날이나 동네의 길흉사에는 제 생일처럼 기뻐하며 꼭 참석합니다.

호적 이름은 뭔지 모르지만, 반디기라는 이름은 큰절 스님이 마을에 내려오셨다가 천진난만하고 영혼이 맑은 이 고아에게 붙

여준 이름인 '반득'입니다. 반득은 경에 나오는 주리반득(周利槃得)입니다. 범어(산스크리트어)로는 '츄라 판타카(Chura Pantaka)'이며 석가모니 부처님의 제자 중 제일 바보였으나 가장 먼저 깨달은 분입니다. 큰 스님은 불쌍한 이 소년의 눈동자 속에서 신을 본 것입니다. 아름다운 영혼을 본 것입니다.

바보들은 모두 영혼이 깨끗하다고 합니다. 누구나 어릴 때는 제법 많이 바보 소리 들었습니다. 하지만 성인이 되면 아무도 바보라고 불러 주지 않습니다. 그것은 우리의 영혼이 혼탁해져 버렸기 때문입니다. 지식이 많아진 결과입니다. 진리가 아닌 쓰잘떼기 없는 앎과 구별심(욕심) 말입니다. 이런 각종 지식은 깨달음에 아무런 도움이 안 되며 오히려 방해만 된다는 것입니다. 지식을 줄이고 줄여 아예 없애 버려야만 의식체(영혼)가 깨끗하고 단순해져 깨달음의 길이 열린다고 합니다. 법정 님은 이것을 먹물 빼기라고 했습니다. 곧 머리 비우기-마음 비우기-무심(사맛디)에 도달하는 수행 코스입니다.

반디기는 일찍 이 세상을 떠났습니다. 반디기가 죽은 날, 산 너머 큰절 방장 스님의 다비식 구경에 동네 장정들은 모두 가버리고 늙은이 서넛이 쑥대 번뎅이(언덕) 공동묘지 한편에 반디기를 묻는데 늙은 느티나무집 할매는 사립문 밖에 나와 짚단 한단 태우며 (반디기 들으라고) 꺼이꺼이 울더랍니다. 그날 해거름에 흰 도

포에 삿갓을 쓴 큰스님과 바짓가랑이를 무릎까지 접어 올린 반디기가 나란히 모래실 고개를 넘어가더랍니다. 호부 짚 한 단의 연기였지만 반디기는 바보이므로 자동으로 천국에 갔을 게고, 놋향로 연기에다 세 수레의 장작 연기를 타고 가신 방장 스님은 많은 중생 계도의 상으로 천국의 구품연지(九品蓮池)의 제 몇 품에 나실지 모두 궁금해하더라.

하늘은 영혼이 깨끗해진(이 지구에서의 수행공사가 완료된) 사람은 먼저 부른답니다. 모든 장애인이 천계에 들 때는 중간영계나 바르도(티벳불교)에서의 입국 절차를 생략하고 별도로 나 있는 VIP 통로를 따라 천사들의 에스코트(escort) 내지는 칸보이(convoy)를 받으며 하늘나라에 들어간다고 합니다.

Feb. 01.

반성反省

기도(祈禱)는 영혼(의식체)이 신의 영역으로 들어가는 장치(길, 방법)라 합니다. 기도 중에서도 제일로 효과가 좋은 것이 감사(感謝)이며 이에 버금가는 것이 반성(反省)입니다. 감사는 범사에 대하여 무조건 하는 것입니다. 이에 비하여 반성은 비 진리적인 생각이나 언행이 선행되어버렸을 때 하게 됩니다. 이 둘은 영혼의 정제(精製 : Purification)에 으뜸입니다. 철학에서도 인간의식의 성립에 반성이 작용한다고 하지만 더 이상 죽음 및 영혼과의 관련은 설명이 없습니다.

반성(反省)은 자기 자신을 거꾸로 비추어 보고 성찰(省察)하는 것입니다. 자기를 반대 방향에서 관찰하고 입장을 바꾸어 생각해보는 것입니다. 실제로 어떤 사물을 반사(Reflection)해 보면 더 쉽게 이해되며 보이지 않던 것도 보입니다(거울). 한 예로 평면도는 물체를 공중에서 내려다본 그림인데, 천장의 경우는 위로 쳐다보아야 하니 매우 헷갈립니다. 그래서 사람들은 바닥에 거울을 놓고 거기에 반사되는 천장을 그립니다. 그러면 목수는 "반사된 천장평면도로군" 하고 쉽게 이해합니다. 또 방안에서 아무리 찾아도 보이지 않던 물건이 어느 날 벽에 걸린 거울 속에 비쳐서 찾는 수도 있습니다. 요사이 많이 쓰는 반면교사(反面教師)도 타의 부정적인 면을 반대 방향으로 비추어 보고 내가 옳게 이용한다는 뜻입니다.

마음이라는 놈은 하늘로부터 자유의지를 허락받았다(창세기)고 하여 생각과 언행을 자기 마음대로 해 버립니다. 사람들은 이 자유의지가 어떠한 업(業: Kharma)을 만들어내는지 잘 모르고 살아갑니다. 그러나 자유에는 책임이 따르는 법, 자기 업은 자기 책임이라 스스로 인과응보를 감내해야 합니다. 사회생활에서의 위법행위는 법에 따라 벌을 피할 수는 없는 것이지만, 수행자의 상념과 행위가 진리에 벗어났을 경우는 다행히도 하늘은 이 업에 대한 벌을 받지 않고 업을 소멸시킬 수 있는 장치를 의식체(영혼) 내에 입력, 저장시켜 놓았습니다. 이 저장된 소프트웨어(Software)가 이성(理性=Rationality=분별력)입니다. 이 이성을 깨우고 자극하여 가동시키는 것이 바로 반성(反性=Reflection)입니다. 반성 수행법의 발전단계는 아래와 같습니다.

반성 (명상)	자극 →	이성을 깨움	작용 →	마음의 부정을 씻음 (조화로운 마음)	발전 →	선념	발전 → 마음 제어	무심(차별심 소멸) (신성)

반성은 오늘 행한 나의 상념과 행위가 이성적이었나 아니면 감성적이었나를 깨닫게 합니다. 이성은 원래 마음인 분별력이고 영혼의 타락을 초래한 차별심(구별심)은 나중에 사람들 간의 접촉에서 생겨난 부정적 마음입니다.(차별심을 분별력으로 혼동한 글도 있음)

반성의 효과(따옴)

- 반성은 영혼을 정화시켜 고차원으로 승화시킨다.
- 반성은 의식체(영혼) 내에 기록된 악염(惡念)을 지운다.(전생, 금생의 과오를 씻어냄)
- 반성은 선념(善念)을 키우므로 악업(惡業=카르마)이 소멸된다.

반성 방법

반성은 옛 어른들의 방법대로 꿇어앉는 자세가 제일로 효과적입니다. 자신을 낮추어 자각(自覺)을 유도(Educe)하는 방법입니다. 편한 자세의 반성은 별로 효과가 없습니다. 이슬람에서는 모든 기도를 꿇어앉아서 합니다. 어릴 때 교실 바닥에 제법 꿇어앉아 보았지요?

자! 단체로 반성합시다. 먼저 방문을 걸어 잠그고, 소등(冥=명)하고, 무릎을 꿇고 "오늘 나의 입과 몸과 마음의 행위가 진리를 벗어나지는 않았는가?" 하고….

불공평은 없다

'人生이 불공평하다'고 생각들 합니다.

부자와 가난한 이, 잘난 이 못난 이, 행복한 이 불행한 이…. 삶 자체가 천차만별이며, 탄생부터 인생은 공평하지 않게 태어났다는 것입니다. 사람들은 불공평을 행운 또는 불운 때문이라고 생각하기도 합니다.

불공평의 원인은 개인의 업(業 : Kharma) 때문입니다. 즉 자기가 만드는 구업(口業), 신업(身業), 의업(意業 : 마음으로 짓는 업)의 결과에 따라 그 사람의 생(삶) 속에서 나타나는데 그 종류는 갠지스강의 모래알만큼이나 많다고 합니다.

경에 이르기를 "현재의 우리의 삶은 곧 과거의 우리의 업의 결정체이며, 현재 우리가 짓는 업은 미래의 우리의 삶의 모습이다"라고 했습니다. 우리의 삶 속의 각종 행위는 자기의 의식체 속에 낱낱이 저장되며, 이 원인에 대한 결과는 반드시 나타나며(작용에 대한 반작용) 빠르면 즉시 나타날 수도 있는 인과응보(因果應報)라는 것입니다.

중국의 어느 스승이 제자의 물음에 잘못 대답하여 500년간이나 여우의 몸으로 살다가 피나는 수행을 거쳐 매일 숨어서 백장 스님(마조 제자)의 설법을 듣고 겨우 여우의 몸을 탈피했다는 이야기처럼 본의 아닌 조그만 잘못이 이럴진대, 우리가 삶에서 알게 모르게 짓는 나쁜 업은 그 결과가 참으로 무서운 것입니다.

그래서 人生, 즉 사람의 삶(生)=牛(소)가 一(외나무다리) 위를 건너는 것처럼 조심스러운 것이라고 한답니다.

고로 불행 내지 불공평은 결국 자기 책임이지 어떤 핑계를 댈 수 없는 것입니다.

사실은요 "인생은 공평하다"고 합니다.

공평 또는 불공평은 사람 스스로의 마음이 만들어내는 물건(?)일 뿐이며 수행이 깊으면 이런 것은 없다고 합니다.

"누구나 다 죽을 수밖에 없다"는 것만 봐도 신은 공평합니다. 더욱이 신은 그 누구에게나 과거 업이 좋든 나쁘든 공평하게 '깨달음의 챈스'를 주었는데 그것은 바로 현재(Present)라는 선물(Present)입니다. 바로 이 '현재에서의 수행'으로 덕업을 쌓아 영생으로 갈 수 있는 길을 모두에게 공평하게 열어 놓았다는 것입니다. 즉 "너는 과거 업이 나쁘므로 득도하지마!"라는 조항은 없다는 것이지요. 이래도 인생이 불공평하다고 생각하나요? 생각은 자유입니다.

July. 20. 2009.

사랑 이야기

사랑은 아무리 많이 해도 지나치지 않으며 전부 공짜입니다. 또 사랑을 많이 소비했다고 세금이 붙는 것도 아닙니다.

사랑이 무엇일까요?

갑장인 한 가수는 '눈물의 씨앗'이라고 노래했습니다만….

"태초에 세상(우주)은 사랑으로 만들어졌나니-" 고로 우주의 본성은 사랑으로 되어 있다는 것입니다.

무엇을 만드는 데는 우선 재료가 필요합니다. 사랑이라는 재료로 만들었으니 사랑은 자재(재료)입니다. 재료는 물질입니다. 물질은 색(色)이며 색즉시공(色卽是空)이니 에너지(Energy)이기도 합니다. 사랑은 물질이고 동시에 에너지이므로 질량이 있습니다. 그러니 어디에 부딪히면(주거나 받으면) 마음이나 육신에 반작용이 생깁니다. 사랑은 3차원에 있는 인간의 눈에는 보이지 않습니다. 그러나 의식이 있는 사람은 그것이 존재한다고 믿습니다. 수소도 산소도 하나님도 있다고 믿듯이 말입니다. 사랑은 이 세상에서 작용은 하나 이 세상에서 만들어진 물질이 아니므로 그것을 원소기호로 나타낼 수 없어 우리는 '하트' 기호로 표시합니다. 어떤 선각자는 '사랑은 추상적인 은유'가 아니고 '물질이다'라고 했습니다.

"신은 사랑이니라"고 했습니다.

Walsh라는 선각자는 "지고한 진리 중에 일찍이 존재했으며 지금 그리고 앞으로 영원히 존재할 것은 사랑뿐이다"라고 했습니다. 사랑이 모든 존재의 근원이며 존재의 이유라는 뜻입니다. 그리고 "모든 감정 중 유일하게 진실한 감정은 사랑이다"라고 했는데 인간이 만들어 내거나 느끼는 감정은 사랑만이 진실이며 나머지는 모두 마음이 만드는 헛것이라는 것입니다.

사랑은 어디서부터 왔을까요?

사랑이라는 에너지의 공급원은 최상위 차원의 우주 혼이라고 합니다(일본 선각자, 스베덴보리 등). 선각자들이 말하는 사랑의 창조와 그 흐름(이동)을 그래픽으로 표시하면 아래와 같습니다.

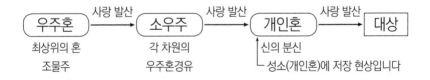

우리는 사랑이라는 에너지를 우주 혼으로부터 받고 있습니다. 우리가 '누구를 사랑한다'고 하는 것은 개인혼(성소, 의식체)에 저장

되어 있는 사랑이라는 물질이 밖으로(그 대상 쪽으로) 발산되는 현상입니다. 하늘이 사랑을 보내는 목적은 인간 영혼의 정제에 있습니다. 그러니 이 물질(사랑)을 잘 애용할 경우는 자동으로 하늘나라에 들 수 있는 구원의 티켓이 되는 그런 영 에너지입니다. 즉 사랑이라는 파동의 실체는 조물주로부터 오는 생명력의 일부(각각의 영혼)라는 것입니다.

사랑의 작용

사랑은 주는 것입니다. 사람들이 보통 '사랑한다'라고 하는데 이때의 '하다'는 준다(give)는 뜻입니다. 사랑은 받을 생각 않고 그냥 주어버리는 것입니다. 그러므로 사랑하여 상처를 받았다느니, 아무나 하느니, 그 누가 쉽다고 했나느니 하는 말은 틀린 것입니다. 사랑은 받을 생각을 아예 안 하는 것입니다. 상대가 나에게 사랑을 주기를 바라니까 사랑이 어렵다고 하는 것입니다. 사랑을 되받기를 기대하면서 주는 사랑은 이미 사랑의 본성이 아닙니다.

각 종교에서 말하는 사랑은 내가 대상물에 사랑을 발산할 때는 불쌍한 마음도 함께 포함되어 발산됩니다. 이것을 '사랑의 완성'이라고 한답니다. 불가에서는 자비(慈悲)라 하여 사랑과 불쌍히 여김이 아예 붙어 있습니다. 톨스토이의 단편 「사람은 무엇으로 사나?」에도 천사 미하일은 구두 수선공과 그의 아내에게 '사랑'이 있어 나를 '불쌍히 여겨' 나를 구해 주었다라고 자(慈)와 비(悲)를 한

세트(set)로 보았습니다. 또한, 톨스토이는 "인간의 내부에는 사랑이 있고, 사람은 사랑으로 산다"고 했습니다.

사람들은 지위가 높은 분이나 부자 또는 유명배우 등을 "사랑한다"고 말하는데 이 경우는 상대에게 불쌍한 마음은 들지 않으므로 "좋아한다" 또는 "존경한다"가 적절합니다. 부모님이나 웃어른에게는 공경한다고 하는 것입니다.

사랑의 힘

천국은 온통 사랑으로 넘치며, 그 사랑이 우주 공간을 통하여 무한히 이 세상으로 쏟아집니다. 여기에 사람의 마음(心)이 하늘과 두 줄로 연결(玄)되면 하늘 마음(慈=자=사랑)이 됩니다. 자(慈)가 온 세상에 꽉 차는 순간 인간 세상도 저절로 천국(존재계)으로 바뀐다고 합니다. 그러나 지구인 각자의 의식 차원이 다르므로 이것을 이루지 못하는 것입니다. 거꾸로 사랑은 인간이 천국으로 갈 수 있는 영 에너지이기도 합니다. 모든 종교에는 그 수행과정에서 반드시 '사랑(자비)의 완성'이 있습니다. 사랑의 완성은 그 첫 단계가 '나 자신에 대한 무조건적 사랑'입니다. 자기 자신부터 사랑하라는 말은 무욕(無慾)으로 무아(無我)의 도를 이루라는 뜻입니다. 그래야 진정으로 타인을 사랑할 수 있으며, 모두 이렇게 되니 서로의 사랑이 연결되어 큰 영 에너지가 되고 곧 천국입니다. 불가에서 '자기 사랑 + 타인도 사랑'을 유아독존(唯我獨尊)이라고 합니다 (유아독존 참조). 즉 수행(修行)은 본인 스스로 천국행을 이루는 동시에

이 세상을 천국으로 바뀌게 하는 두 가지 일을 하는 것입니다.

사랑의 힘은 무한합니다. 메가톤급 핵폭탄도 사랑이라는 영 에너지와는 그 위력을 비교할 수 없습니다. 핵무기는 생명을 죽이는 데 쓰지만 사랑은 영혼을 살립니다.

톨스토이의 '두 노인'을 보면 한 노인은 성지 순례를 했고, 다른 한 노인은 순례길에서 가뭄과 질병으로 죽어가는 한 가족의 생명을 살리고는 여비가 바닥이나 성지 순례를 못 하고 집으로 돌아옵니다. 이 노인은 성지까지 못 갔지만, 하나님도 만났고 하나님 업무도 대행하고 온 진짜 순례자였습니다. 사랑의 실천입니다.

사랑의 성상(Characteristics)
- 사랑은 무적(無敵)이다 : 원수를 사랑하라고 했습니다. 토정 선생은 "적이 없음이 가장 강하다"고 했습니다. 모든 것을 사랑하면 곧 천국입니다.
- 사랑은 퍼낼수록 솟아난다 : 약수처럼 무한정 솟아나지만 퍼내지 않으면 막힌다는 뜻입니다.
- 사랑은 계량이 불가능하다 : 한 됫박, 1리터, 만 원어치, 이렇게 계량이 필요 없습니다. 그냥 마구 퍼주는 것입니다. 아낌없이~.
- 사랑은 아무리 주어도 고갈되지 않는다 : 신으로부터 무한정

공급되는 자재입니다.

- 사랑하는 데는 이유나 조건이 없다 : 신의 섭리입니다. 무조건
적입니다(아가페 사랑). 어떠한 대가로도 사용할 수가 없습니다.

- 사랑의 하향성(下向性) : 사랑이라는 영 에너지는 주로 아래쪽
으로 진행합니다. 아래쪽은 약자입니다. 하나님 사랑, 부모
사랑 모두 내리사랑입니다. "신은 인간이 어리석거나 말거나
하늘에 감사하거나 말거나(개의치 않고) 사랑을 퍼붓는다"고 합
니다. 하나님, 부모님, 스승님 등에 대한 사랑은 '감사' 또는
'공경'이라고 합니다.

- 사랑의 일 방향성 : 신의 사랑, 부모님 사랑은 무조건적 일 방
향입니다. 강자(가진 자)의 약자(못 가진 자)에 대한 사랑 역시 같
습니다. 내가 누구에게 사랑을 베풀면 그만한 사랑을 나는
다른 사람으로부터 받게 됩니다. 남편은 남에게 퍼주고만 사
는 집인데 부인의 장사가 잘되는 그런 현상입니다. 신이 제
삼자를 시켜 되돌려 줍니다. 사랑은 갚을 수 없으니 받은 쪽
이 아닌 반대쪽으로 보내지게 됩니다. 젖으로 육신을 키우시
고 사랑으로 영혼을 키워주신 부모님의 사랑을 갚는 길은 내
리(후손)사랑입니다.

사랑의 차원

의식(意識)의 차원이 층층이 있듯이 사랑도 차원이 있다고 합니
다. 일본의 어떤 영 지도자는 다음과 같이 분류했습니다. 깨달음

의 깊이를 느낄 수 있습니다. 참고하세요.

1. 사랑을 하는 사랑 : 일반인의 사랑(보통사람이 하는 사랑의 차원)

2. 살리는 사랑 : 부모 및 리더급의 사랑(희생)

3. 용서하는 사랑 : 영계, 4차원 이상 세계의 사랑

4. 존재의 사랑 : 예수, 부처의 사랑

5. 신의 사랑 : 우주 사랑(조물주의 사랑)

수행과정에서의 사랑

자기가 어떤 종교를 가졌나를 막론하고 깨달음(천국, 극락)에 도달하기 위해서는 이 사랑(자비)의 코스(단계)를 우회하거나 생략할 수는 없습니다.

1. 기독교의 수행단계는 일반적으로 5-비전으로 구분하며, 그 세 번째 단계가 사랑의 완성입니다.

2. 불교의 수행단계는 8-정도(正道)로 되어 있으며, 그 여섯 번째(정정진 : 正精進)가 자비의 완성입니다.

3. 유대교는 10단계(10-세피로드 : sepirod) 중 제5단계(헤세드)를 사랑의 완성단계로 봅니다.

4. 이슬람에서는 5-칼럼(column) 중 제 4칼럼이 사랑의 실천단계입니다.

이것은 각 종교의 선각자들이 제자들을 체계적으로 수행시켜 확실하게 깨달음에 이르게 하는 교육 수단일 것입니다. 물론 하

늘에 이르는 길은 수행자마다 여러 방법이 있겠지만 여기서는 어느 길로 가든지 사랑의 충만이 꼭 필요함을 강조하는 것입니다.

고대 그리스인들의 사랑

고대 그리스 사람들은 그들답게 사랑을 세 가지로 분류했습니다.

1. 에로스적 사랑(Erotic love) : 관능, 성애.
2. 필레오 사랑(Phileo love) : 인류(이웃)에 대한 사랑(박애 : Philanthropy), 지혜에 대한 사랑(Philosophy), 자녀에 대한 부모의 사랑, 형제애, 우애, 국가에 대한 사랑.
3. 아가페 사랑(Agape love) : 신의 사랑.

인류는 신의 사랑을 받아 필레오 사랑으로 이 세상을 사랑이 가득 찬 낙원으로 만들어야 할 것입니다.

성경 속의 사랑

"내가 굶주리고 있을 때 먹을 것을 주고, 내가 목이 마를 때 물을 마시게 해주고, 내가 길을 걷고 있을 때 잠자리를 주었다."

〈요한복음〉 : 하나님은 사랑입니다. 그러므로 사랑하는 사람은 하나님 안에 사는 것이며 하나님도 그 안에 사는 것입니다.

3-35 : 아버지께서는 아들을 사랑하사 만물을 다 그의 손에 주셨으니…

13-34 : 서로 사랑하라.

15-13 : 친구를 위해 목숨을 내놓는 사랑이 가장 큰 사랑이다.(다몬과 퓨티오스 이야기 B.C 4세기 시칠리)

〈고린도서〉: 사랑하라.

13- 1 : 사랑이 없는 말은 소음이다.

2 : 사랑이 없는 말은 예언도 아무것도 아니다.

3 : 사랑이 없는 기부는 아무 소용이 없다.

4 : 사랑은 참고 기다림, 친절함, 시기하지 않고 뽐내지 않고 교만하지 않고

5 : 사랑은 무례하지 않고, 이익을 추구하지 않고, 성내지 않고, 앙심을 품지 않고

6 : 사랑은 불의에 기뻐하지 않고 진실과 함께 기뻐함이다.

7 : 사랑은 모든 것을 덮어주고 모든 것을 믿으며 모든 것을 바라며 모든 것을 견뎌낸다.

〈로마서〉

12:19~21 : 원수를 사랑하라(먹을 것을 줘라)

8:28, 31 : 하늘에 대한 사랑

결어

사랑이 억눌린 형태가 분노와 증오입니다. 자기애가 결핍된 상

태가 두려움입니다.

사랑이 부족하여 죄의식, 비난, 원망이 생겨나는 것입니다.

사랑이 충만할 때 기쁨, 신뢰, 열정, 희망이 나타납니다. 사랑의 표현입니다.

사랑은 아름다움입니다. 신에게 다가가는 필요한 전부이기 때문입니다.

제2부

섭섭 마귀

새

시인이 노래합니다.

아름답다 오월! 꾀꼬리 노래는 낭랑하고~~. 하늘을 자유로이 나는 저 새들~~.

하늘길엔 차선도 법규도 없네~~. 깜빡이도 브레이크도 아무 걱정도 없네~~.

아~ 새처럼 푸른 창공을 훨훨 날고 싶어라~~.

새는 땅 위 천적으로부터의 안전한 삶을 택하여 하늘을 날게 되었습니다. 그러나 공중을 비행하기 위해서는 우선 팔과 손을 포기하여 이것을 날개로 변형시켜야 했으며, 또한 날개의 역량에 맞추어 체중을 줄여야 했습니다. 그 방안으로 뼛속을 공동상태로 만들다 보니 어디에 부딪히면 대번에 절골이 되어 추락하고 맙니다. 또 음식물의 몸속 체류 시간을 단축시켜야 하므로 내장의 길이가 짧아야 되니 자연히 수분 흡수를 못 하게 되어 평생을 물똥 만 배설해야 합니다. 게다가 먹이를 빨리 소화해야 하니 배가 고

파서 새벽 일찍 일어나 부지런히 먹이를 찾아야 합니다. 더구나 하늘 위에도 천적이 끊임없이 노리고 있어 언제나 가시덤불 속에서 잠을 자야 하며, 자나 깨나 맹금류의 공습에 대비해 사주경계를 게을리할 수 없다 보니 심장은 콩닥 콩닥 1분당 수백 회의 박동 수에 달하게 되어 글자 그대로 '새가슴'이 되어 버린 것입니다.

자! 이래도 새가 되어 하늘을 날고 싶으신 분이 계시면 손들어 보세요!!~.

하지만, 새들은 날기 위해 이 모두를 감수했고 날게 된 것을 후회하지 않으며 그저 고마움에 감사만 할 뿐이랍니다. 새들은 날든 기든 삼계에는 고(苦)뿐임을 알아채고는 이런 삶에 대하여 신을 원망하지도 않고 절대로 울지 않고 오로지 노래만 즐기면서 신(자연)의 섭리대로 살아간다고 합니다.

경에 이르기를 맹구우목(盲龜遇木)이라고 이 세상에 인간으로 태어날 확률은 눈먼 거북이 큰 바다 가운데서 나뭇등걸을 만나는 것만큼 어렵다고 했습니다. 게다가 인간만이 수행이라는 수단으로 깨달음을 얻어서 영생으로 가는 길이 주어졌다고 합니다. 인간 자체가 곧 수행의 수단임에도 사람들은 3계에도 즐거움이 있다고 착각을 하고는 왼갖 욕심을 부려 싸움과 파괴를 일삼고 미움과 저주로 인하야 사랑을 잃게 되어 스스로 지옥을 창조하고 있다는 것입니다.

이런 어리석은 사람들을 내려다보고 새들은 저희끼리 이렇게 지저귄답니다.

"인간이란 동물은 신이 있다는 사실을 모르는 게 분명혀!!~~~

May. 05.

생각 1

    '생각'에 대하여 한번 생각해 봅시다. 인간의 영혼(의식체)에는 '본래 마음'이 저장되어 있습니다. 이것을 '이성' 또는 '분별력'이라고 표현한 선각자도 있습니다. 그런데 언제부터인가(실락 이후라고 하는 분도 있음) '구별심(차별심)이라는' '오염된 마음'이 인간의 의식체(혼)의 중앙에 턱 버티고 앉게 되었습니다. 이놈이 바로 우리가 말하는 '마음'입니다. 이놈은 '생각'이라는 에너지를 만듭니다. 생각은 모든 것을 만들어내므로 이것을 마음(생각)의 창조성이라고 합니다. 본래 마음(신의 마음)에 장착된 '이성'이라는 프로그램이 만들어내는 생각은 옳고 진리적이고 긍정적인데 반하여, 구별심이란 마음은 오염된 마음이므로 주로 부정적인 생각을 만듭니다. 부정적 생각이므로 욕심(구별심)이 들어있습니다. 선각자들은 "우리의 삶에서 생각하지 않았는데 어떤 일이 일어나는 경우는 절대로 없다"라고 말합니다.

    생각은 무서운 놈입니다. 모든 것이 생각대로 되는 데다가 부정적인 생각을 하면 부정적인 것(짓)이 이루어지기 때문입니다.

선각자들이 길게 설명한 '생각의 힘'을 이해가 쉽게 표로 나타 내면 다음과 같습니다.

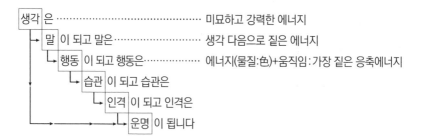

이 표는 '생각을 어떻게 하는가'에 따라 개인의 운명이 결정되어진다는 무서운 이야기입니다.

이처럼 '좋은 생각 = 좋은 운명'이라는 등식이 있는데도 사람들은 오염된 마음의 장난으로 부정적, 불만적인 생각을 많이 하게 됩니다. 불만적 생각이 불만의 표출이 되고 부정적 생각은 나쁜 결과를 낳습니다. 부정적 개념의 생각에서 나오는 말과 행동이 만든 결과가 물질의 형태로 탄생(창조)되어버리면 그것을 뒤집기는 대단히 어렵습니다. '아차! 잘못했구나!' 하고 느끼는 순간 생각, 말, 행동은 이미 업이 되어, 다시 주워 담거나 돌이키는 데는 한평생을 두고 '반성의 수행'을 해야만 풀릴까 말까 하답니다.

'좋은 마음(본래 마음)'이 고귀한 생각(기쁨이 담긴 생각), 진리의 말과 사랑의 느낌을 창조합니다. 즐거운 생각은 계속 즐거움을 낳으나, 밑 생각이 지옥 같으면 지옥을 만듭니다.

선각자들은 이 생각을 만들어내는 마음(心)을 아예 없애버리는 것(무심 : 無心)이 근본 해결책이라는 것을 알아냈습니다. 무심(無心)은 최고의 경지인 공(空)이며 곧 열반(NIRVANA)인 것입니다. 그리하여 후예들에게 말하기를,

- 심행처멸(心行處滅) : 생각이 나면 털어버려라! 마음이 가는 곳을 잘라버려라!
- 언어도단(言語道斷) : 말을 끊어라! 말(言語)이 가는 길을 잘라버려라! 그리하면
- 구경열반(究竟涅槃) : 열반의 경지(NIRVANA)에 도달할 것이다. 이것이 최종 목적지입니다. 깨달음이며 신과의 합일입니다.

우리나라의 국보인 금동미륵반가사유상(金銅彌勒半跏思惟像)이 있습니다. 일본의 국보 1호인 목조미륵반가사유상도 있는데 신라에서 건너갔다는 설이 유력합니다. 이들 반가상의 미소가 바로 깨달음의 순간의 표정이랍니다. 이 성스럽고 평온하고 신비스러운 미소가 법열(法悅 : 니르바나)의 순간이며 신과 합일의 표현인 것입니다. 그런데 그 이름 속에 사유(思惟)가 들어있습니다. 思와 惟는 둘 다 생각을 뜻합니다. 열반의 경지에 들려면 생각을 없애라고 했는데 웬 생각? 하고 의아해하겠지만 이 경우의 생각은 본래 마음(신의 마음)이 하는 생각이라고 할 수 있겠지요.

데카르트는 "나는 생각한다. 고로 존재한다"라 했습니다. 이의 설명 중에 "신의 존재를 정신 속의 순수사유로 증명한다"가 있는데 순수사유가 곧 본래 마음입니다. 영혼에 장착된 마음이 생각을 생산하므로 생각한다는 것이 곧 영혼의 존재를 증명한다는 뜻이 아니겠습니까?

자, 마음이란 놈이 잡생각을 못 하게 조용히 호흡하는 데에만 집중합시다.

Nov. 10.

섭섭 마귀

이슬람(Islam)에서도 조물주(Allah)께서 천지를 창조하시고는 흙으로 인간을 빚고, 빛(Ray)으로 천사를 만들고, 불(Flame)로써 마귀(Jinn)를 만들었다고 합니다.

인간은 조물주의 분성(分性)인 영혼의 임시거처를 위해 만들고, 천사는 조물주의 심부름꾼으로 만들었는데 세 명의 천사장과 무수히 많은 천사가 있다고 합니다. 마귀는 조물주가 어떤 목적이 있어 만들었을 것인데 어떤 역할을 하는지는 잘 모르겠고 아마도 영혼의 실락(失樂)과 이에 따른 힘든 수행과 영혼 구제라는 과정에서의 한 수단이 될 것 같습니다. 마귀 또한 피조물이므로 조물주의 프로그래밍에 따라 움직일 것이고요.

많은 종류의 마귀가 있는데, 보통 병과 재난 등 화를 몰고 다니면서 각종 해코지를 하는 것으로 사람들에게 무섭게 인식되어 있으며 이 화를 마귀의 장난(jinn+x=징크스)이라고 합니다.

마귀 중에서도 으뜸으로 무서운 놈이 바로 섭섭 마귀입니다.

보통 마귀는 신체적 물질적으로 화(손해)를 주지만 섭섭 마귀는 인간의 정신에 침투하여 영혼의 발전을 저해시키고 퇴보시킨다는 데에 그 치명성이 있다고 하겠습니다. 이놈은 꼭 인간관계 즉 형제 자매간, 친구 동료 간 등 화목해야 할 사람 사이에 끼어들어서는 이간질하여 오해, 반목, 질시와 갈등을 생산해 냅니다. 특히 혈연관계 내의 재화의 갈등에서는 그 챤스를 놓치지 않고 원망과 미움을 증폭시키고 급기야는 앙금이 폭발하여 살인으로까지 발전시키는 데에 지대한 역할을 합니다.

섭섭 마귀는 수행자의 최대의 적입니다. 욕심, 미움, 질투 등은 모두 상대에 대한 바람과 기대에 기인하며 이를 충족지 못할 때는 마음이 부정으로 덮이게 되어 수행에 큰 장애가 되지요.

"기대는 인간이 겪는 불행의 가장 큰 원천이며 신으로부터 인간을 떼어 낸다"고 합니다.

"결과에 집착하지 않으면 삶에 두려움이란 없다"라고 했습니다.

섭섭 마귀는 수행이 깊은 자나 강한 자에게는 접근하지 못합니다. 주로 힘이 약하거나 돈이나 권력이 적은 사람에게 접근합니다. 그러나 아주 약자에게는 덤비지 못합니다. 바보 얼간이, 단순한 사람, 긍정적인 사람에게는 얼씬도 못 합니다. 특히 놀부 동생한테는 꼼짝을 못 합니다. 흥부는 원망, 미움 이런 단어조차도 아예 모르니까요.

돈의 파트너는 마귀입니다. 섭섭 마귀의 주된 목표물은 원망, 비난, 미움, 부정적인 마음입니다. 이런 마음은 상대에게는 전혀 영향을 미치지 않고 단지 본인의 영혼에만 피해를 준다는 것입니다.

님네들! 깨끗한 영혼은 욕심(구별심)이 빠져버린 혼입니다. 욕심이 없으니 섭섭 마귀가 기생할 수가 없습니다. 영혼의 정제(Purification)에는 사랑, 자비, 봉사, 감사, 반성이 가장 좋다고 합니다.

Feb. 12. 2007.

쇠고기

대통령께서 미국 방문 시 쇠고기 수입을 승인했다고 하여 반대하는 사람들이 여러 날을 떠들어 쌌고~~. 각종 매스컴도 덩달아~~.

인간이 쇠고기를 먹은 지는 그리 오래된 것이 아니라고 합니다. 원시 수렵 생활에서 야생 들소를 잡아먹었는지는 모르지만, 돼지, 닭, 염소, 양 등을 가축으로 길러 식용으로 했던 시절에도 소는 먹지 않았다고 합니다. 소를 가축으로 이용한 것은 기원전 5000년쯤의 메소포타미아 유적에서 발견되는데 소를 농경에 이용했으나 먹은 기록의 유적은 없다고 합니다. 후에 이집트, 그리스, 로마 때의 활발한 농경 생활에 소를 활용하면서도 그 고기를 먹었다는 기록은 불명하며 다만, 소의 젖은 먹었다고 합니다. 지금도 인도 쪽에서는 소를 잡아먹는다는 것은 상상도 못 하며 오히려 신의 반열에 올려놓고 있습니다. 우리나라에서도 농사일의 주역인 소를 고려 때까지는 먹지 않았고 '설농탕'은 조선 시대에 생긴 음식이라고 합니다.

　요즘은 소가 하는 농사일은 TV에서나 나올 정도로 드문데, 농기계가 없던 시절에 들일 하는 소를 보면 참으로 영물이라는 것을 알 수 있습니다. 우선 논 갈기 쓰레질 등의 내용을 훤히 알고 있으며 어디쯤에서 어느 방향으로 돌아야 하는지도 잘 알고 있습니다. 땅이 넓어 일 량이 많을 때는 등에 땀을 치며 콧김을 푹푹 내뿜으면서도 절대로 멈추지 않는 그 인내에 숙연해지기도 합니다.

　어떤 나그네가 밭갈이하는 두 마리의 소를 보고 그 주인에게 "어느 소가 일을 더 잘하오?" 하고 물으니 주인은 나그네를 소가 보이지 않는 데까지 데려가서는 "검정 소가 더 잘한다오!"라고 했다나~~. 소는 말귀를 알아듣는다고 합니다. 선조들은 소고기를 '쇠고기'라 했는데 어떤 괴기를 말하는지 소가 알아듣지 못하게 발음한 것이랍니다.

　옛 어른들은 소를 사랑하고 존경했습니다. 하루 일 끝내고 소를 몰고 집으로 돌아가는 농부는 풀짐과 농기구를 소의 등에 올리지 않고 본인이 몸소 지고 갑니다. 내일 또 논 밭갈이할 소를 배려하는 것입니다.

　모든 노동력과 살과 가죽과 뼈와 심지어 꼬리까지 몽땅, 완전히, 싸그리, 모조리, 철저히 인간에게 보시해버리는 소, 긴 수행의 끝머리에 질기디질긴 윤회의 고리를 끊고 마지막 생을 '소'라는 짐승(중생)으로 살면서 화끈하게 다 주어버리는 소… 그 소의 눈을 보면 쇠고기는 먹지 않았으면 좋으련만~~. 아귀 같은 인간의 입은 한우 괴기가 좋다고 돈 자랑하며 또 악업을 쌓고~~.

사실, 일 년 내내 소고기 한번 먹을 형편 못 되는 서민이야 수입을 하거나 말거나 해당 안 되는 일이지만, 자동차 수출했다고 온 미국 땅에 우리 차만 깔릴 것도 아니고, 쇠고기 수입해도 그게 병든 것이라면 수입상만 망하는 그런 원리도 있는데, 왜 혼란이 나는지~. 훗날 세월이 지나면 숯인지 검정인지 판별나겠지요. 자알 돼야 할 텐데~~.

May. 15. 2008.

수호천사와 자랑

예전의 라디오 만담(Gag)에서 "3대 바보는 제자랑 쟁이, 마누라 자랑 쟁이, 자식 자랑 쟁이"라고 하면서 웃겼습니다. 유교 사회에서는 자기 자랑을 매우 터부시했고, 그런 자랑은 좀 모자라는 사람이나 하는 것으로 인식되었습니다. 그런데 요즈음은요 PR 시대니 어쩌니 하면서 아무것이나 자랑을 해댑니다. 팔푼이처럼…. 사실 알고 보면 자랑은요 조심해서 사용해야 되는 물건입니다.

선각자들은 "조물주의 분성인 영혼은 짐승에게는 없고 오로지 인간에게만 깃들어 있다"고 했습니다. 혼이 육체에 현시하는 장소 즉 성소(Holy space)는 의학적으로 송과 선과 뇌하수체와 시신경의 교차가 되는 곳이라고 합니다(일본 영지도자). 이 때문에 우리의 몸이 신의 성전인 만큼 수호천사(守護天使)가 지킨다는 것입니다. 그리고 영혼이 육체에 현시하는 시점은 임신 시에, 임신 3개월째, 출산 시에 등등의 주장이 있지만, 우리나라는 아기가 태어나면 한 살이고 서양은 0살이 되는데 서양은 출산 시에 영혼이 깃든다고 생각하는 모양입니다. 그러나 천재 시인 천상병 님은 그의 시(詩)에서 서양의 생각은 틀렸고 "영혼은 잉태 시에 깃든다. 그러니 (출산 시) 한 살이 옳다"라고 확실히 말합니다. 티벳 불교에서도 자궁 내에서의 의식체(혼)의 상태를 설명하고 있으며 태어나면 한 살이 됩니다. 고로 수호천사는 잉태 시에 현시한다고 볼 수 있습니다.

우리의 웃어른들은 좀처럼 자식 자랑하는 일이 없었습니다. 오히려 자기 자식을 낮추는 것을 미덕으로 생각했지요. 가끔 넉넉한 집에서는 자식이 태어나면 너무나 좋은 나머지 순간적으로 자기의 능력과 복 많음에 도취하여 기고만장하고 자식 양육의 자신감에 자랑을 많이 하게 됩니다. 바로 이때 온 동네를 관장하시는 삼신할머니는 "아 이 집은 매우 잘하고 있군!" 하고 본의 아니게 업무에 소홀해질 수 있으며, 이 수호천사의 실수 틈새에 어린 영혼은 참으로 위태해질 수 있다는 옛 어른들의 이야기입니다.

보통의 가정에서는요 전 가족이 "삼신 할무이! 우짜든동 고맙습니데이 내 새끼 잘 돌봐주이소!" 하며 조석으로 빌고 정성의 금줄을 사립문에 걸고 완전히 삼신할머니한테 아기의 안전을 일임한 결과 우리 대부분은 매우 어려운 의료 시절임에도 불구하고 젖을 떼고 밥을 먹는 코스까지 안전하게 도달한 것입니다.

이슬람에서는 사람마다 두 명의 수호천사가 있다고 하며 일본의 영지도자들도 수호천사에 대하여 자세히 기록하고 있으며 세상 모든 사람에게 수호천사가 붙어서 개인의 생명을 보호하고 영혼의 발전을 돕는다고 합니다.

사람이 성장하여 생활할 때 타인과 비교하여 인물, 육체, 두뇌, 능력 등이 우세할 경우는 자신감으로 인하여 자기 자랑을 하기도 합니다. 이때도 수호천사는 그 사람의 능력을 인정하여 잠시 업무에 소홀해질 수가 있겠고 그 틈새에 어떤 사고가 발생하여 큰 해를 입을 수 있다는 이야깁니다.

자랑이라 함은 '상대적 우월성에 대한 만족을 남에게 표현하는 것'인데 그것을 듣는 상대는 전혀 다른 개체이고 정신적으로 동급이 아니므로 공감하기가 어렵다는 이야깁니다. 즉 진동수가 달라 공명이 일지 않고 불협화음이 된다는 것인데, 더 중요한 사실은 고차원에 존재하는 수호천사를 의식하면서 자랑을 해야 된다는 것입니다. 김진홍 목사님은 "잘난 사람은 신의 능력을 무시할 수도 있다"라고 했습니다. 경고의 말씀입니다.

자기 종교에 순종하는 삶이 감사하는 생활이라는 생각이 드네요. "우리네야 뭐 짜다라 자랑할 게 없으니 신경 안 써도 됩니다."

Mar. 13. 2007.

스트레스 Stress

스트레스를 많이들 받는다고요? 스트레스라고 하는 놈은 야구공처럼 던지고 받고 하는 물건이 아닙니다. 사전에서는 스트레스를 '압박' '압박을 주다'라고 되어 있지만, 사실 스트레스 자체는 외부에서부터 오는 게 아닙니다. 그러니 '받는다'고 하면 외부에다 책임을 전가하는 틀린 말이지요. 스트레스는 자체(자기 자신)에서 생겨나는 물건입니다. 물건이므로 색즉시공(色卽是空)이니 에너지(Energy)이기도 합니다. 힘이라고도 합니다.

물리적으로 스트레스(stress)는 물체가 외부로부터 어떤 힘(하중 : 荷重)을 받았을 때, 그 물체 내부의 각 조직(분자 하나하나)에서 발생하는 대응력(응력 : 應力)을 말합니다. 외력에 대항하는 힘입니다. 그러므로 물리적 스트레스는 클수록 좋은 것입니다.

구조공학에서는 외력(하중)이 가해지면 구조물의 각 부재 내부에서는 축 응력(Axial stress), 전단 응력(Shearing Stress), 휨 응력(Bending Stress) 등이 발생합니다. 건축물이나 구조물의 축조 시에는 이런 응력을 충분히 가진 재료를 사용합니다.

사람이 운동을 할 때도 몸의 각 부분의 근육과 뼈대 등에서 발생하는 응력(스트레스)이 외력보다 더 커야 버틸 수 있지요. 평소 운동은 육체의 물리적 스트레스 키우는 일입니다.

정신적 스트레스

인간이 괴로워하는 것은 정신적 스트레스입니다. 육신의 각 부분에서 생기는 스트레스도 결국 정신적 스트레스가 됩니다. 정신적 고뇌로 바뀌어지기 때문이지요. 모든 스트레스는 결국 본인의 마음이 만드는 응력입니다. 외부에서 만들어진 스트레스가 나에게로 쳐들어오는 게 아니고, 외부에서는 스트레스의 원자재만 오기 때문에 이것으로 스트레스를 만들고 말고는 내 마음먹기에 달렸다는 것입니다.

인생에서 일어나는 대부분의 일은 스트레스의 원자재입니다. 살다 보면 스트레스가 안 생기는 일은 평생 동안 몇 안 됩니다. 말 많고 거친 인생길에는 스트레스 요인이 즐비합니다. 무엇보다도 사람과의 관계가 제일 큰 스트레스 요인입니다.

외력에 의하여 우리 마음에 정신적 스트레스가 일어날 때 몸의 각 부분에 순간적으로 독소의 일종인 활성산소가 발생하며 이때 주위의 세포들을 미치게 만드는데 이것이 암세포가 된답니다. 고로 정신적 스트레스는 적을수록 좋습니다.

정신적 스트레스의 해소 방안

외부에서는 스트레스가 생기는 원인만 오는 것이지 스트레스 자체의 발생은 나 스스로가 만든 것이므로 우선 남(외부)의 탓을 하지 말아야 할 것입니다.

1. 스트레스 발생을 억제하는 강한 정신력.
2. 긍정적 생활, 기도와 명상으로 마음을 스펀지처럼 물렁물렁 (Flexible)하게 만들어 어지간한 외적 압박은 오거나 말거나 초연해 짐(성직자나 고차원 수행자)
3. 욕심의 제거(바보가 됨)

님네들 정신적이거나 육체적이거나 일단 산에 간다면 둘 다 해결이 될 것 같네요. 산을 오른다고 용을 쓰다 보면 마음은 저절로 공(空 : Nothingness)이 되니까요.

시공時空

지구의 반경은 약 6,300㎞입니다. 별로 큰 별이 아니지요. 적도 방향의 지구 둘레는 40,075㎞밖에 안 됩니다. 지구의 자전은 한 바퀴 도는 데 24시간이 소요되므로 한 시간에 약 1,660㎞를 갑니다. 초속으로는 약 465m가 됩니다. 이것이 세월의 속도입니다. 세월은 소리의 속도보다 빠르며 고속철도 보다 약 5배나 빠릅니다.

과학자들은 "높은 곳은 시간이 더 빨리 흐른다"고 했습니다. 지구 표면 둘레를 24등분 했으니 공중으로 올라가면 등분한 거리가 더 커지므로 인공위성 같은 곳에서는 시간이 빨리 흐르는 것처럼 느껴지는 것입니다. 반대로 지구 중심으로 들어가면 등분 거리가 점점 짧아져 지구 중심점에서는 시간이 없어집니다. 지구 양극을 연결하는 자전축 상에도 시간은 없습니다. 지구 중심에서는 부피가 없으니 시간이고 뭐고 없지요.

뉴턴은 시간과 공간이 고정된 것으로 보았고, 아인슈타인은 빠르게 움직이는 물체에서는 시간이 느리게 가므로 시간은 상대적이다(움직이는 기차 속에서의 실험)라고 했습니다. 또 아인슈타인의 특수상대성이론(1905)은 "빛의 속도로 가면 공간은 압축되고 시간은 지연된다"입니다. 공간이 압축되니 차원 이동이고 시간의 지연 끝은 시간이 없어져 버리는 것(정지)이니, 이것이 곧 시공 초월이 아니겠습니까? 시공 초월이 깨달음입니다.

물리학이 점차 발전하더니 드디어 금세기 물리학자 '카를로 로벨리(이태리)'는 "시간은 기하학적 공간에 대한 기하학적 존재다"라고 하면서 "시간은 인간의 모호한 인식의 결과일 뿐이다"라는 결론을 내렸습니다. 그는 "우리는 왜 과거는 알 수 있고 미래는 알 수 없는가?"를 연구하면서 열역학 제2법칙(열의 움직임과 시간 관계)을 이용했는데, 지구의 1회 자전을 하루(24시간)로 정했을 뿐이지 시간이라는 것은 없다. 그러니 "과거나 미래 따위도 없다"는 것입니다.

어쨌든 로벨리는 시간 초월을 느낀 최초의 과학자인 것 같습니다. 불가에서는 이미 2500년 전에 "보이는 세상은 실재가 아니다"라 했고, 깨달은 이들은 시간(빛)을 초월했을 뿐만 아니라 공간도 초월했습니다. 이것을 마하반야(摩訶般若 : maha-pragnja)라 합니다. 마하반야는 초월지혜(超越智慧)이니 시공초월(時空超越)이며 곧 깨달음의 경지입니다. 영생이며 신과 합일입니다.

신의 세계는 시간이 없습니다. "시간(세월)이 없으면 죽음도 없다"고 했습니다(우명 선생). 이 3차원의 세계에서도 우리가 시간을 인식하지 않으면 노화도 없겠지요? 다시 말해 시간을 인식하므로(마음의 시간 때문에) 노화(육신의 시계)가 빨리 진행되는 것입니다. 이것은 시간(나이)을 생각하므로 늙는다는 뜻입니다. 시간은 실제로는 없고 우리의 마음속에만 있다는 것입니다. 우리는 마음속에 박힌 시간이라는 놈을 내쫓아 보내야 하는데도 불구하고 거꾸로 벽시계, 손목시계, 탁상시계, 전자시계까지 만들어서 온 사방에 걸어 놓고서는 이놈에게 멱살을 잡혀서 질질 끌려다니다가 결국은 니르바나(nirvana) 쪽으로 못 가고 북망산 방향으로 들어서게 되는 것입니다.

수행자는 시간을 정복하기 위해 시계가 없습니다. 그들은 그냥 "졸리면 자고 배고프면 한술 뜨고"가 전부입니다. 자! 수천만 원짜리 롤렉스 가진 분 얼른 버리세요! 장애인 시설이나 보육원 현관 앞에다 버리세요!

법정 님의 말씀입니다. "시간은 늘 거기 있는데 사람과 사물이 잠시도 머물지 않고 흘러간다. 사람들은 제가 바뀌지 않고 시간이라는 개념을 만들어 놓고서는 모든 책임을 시간에 퍼 넘긴다. 시간 개념이 없다면 영원히 늙지 않을 텐데…."

June. 10.

얼간이

얼간이를 아시나요? 얼간이는 살아 있는 신입니다?

'얼'은 정신 또는 넋이라 하기도 하지만, 얼룩, 때, 흠, 티를 말합니다.

인간의 영혼(의식체)에 원래부터 장착된 이성(理性)이 분별력이며 본래 마음입니다. 후에 사람들 간의 접촉으로 구별심(차별심)이라는 것이 생겼는데 이것이 오염된 마음이며 본래 마음에 얼룩이 진 것입니다. 이 때가 낀 마음은 부정적인 생각을 만듭니다. 부정적인 생각은 만물을 미추(아름답다와 추하다)로 구별하다 보니 결국 욕심이라는 물건까지 탄생시켰습니다. 욕심은 주인인 본래 마음까지 지배하여 만족을 모르게 만듭니다. 이것을 마음의 장난이라 하는데 이놈이 만들어 내는 온갖 고뇌에서 벗어나는 일이 수행입니다. 곧 수행은 얼룩이 낀 마음 즉 오염된 마음(마귀)을 쫓아내거나 내 의식의 지배하에 두게 하는 과정입니다.

얼간이는 얼룩이 빠진-얼룩이 나간-영혼이 깨끗한 사람입니다. 마음이 공(空)입니다. 공은 빛이며 신의 경지입니다. 선정, 사맛디, 니르바나의 경지에 있습니다. 조상님들은 이웃 마을의 마음이 텅 비어버린 사람을 '얼간님'이라고 불렀습니다.

얼간이의 얼굴은 참 평화롭습니다. 천사의 얼굴입니다. 눈은 호수처럼 맑고 평온합니다. 천진합니다. 립반윙클처럼 털레털레 걸어갑니다. 힘은 장사지만 초등학생한테도 집니다. 항상 싱글벙글 웃습니다. 모든 게 긍정적입니다. 미움도 증오도 모릅니다. 비방도 모릅니다. 단순합니다. 그리고 모든 것을 사랑합니다.

얼간이 마음은 어린이 마음입니다. 때가 안 끼었으니까요. 성경에 "어린이가(아이 마음이) 되기 전에는 절대로 천국에 들어갈 수 없다"고 했습니다.

어느 글에서 득도의 과정을 진(眞), 선(善), 미(美), 성(聖), 치(癡)의 단계로 분류했는데 여기서 '치의 경지'란 최고의 경지이며, 우물을 메울 거라고 눈을 퍼 넣는 경지 즉 '얼간이의 경지'를 신의 경지로 본답니다(여기에서 치는 탐진치의 치와 글자는 같지만, 뜻은 다름).

님네들! 이제 최종 라운드(Final round)의 공(Gong)이 울렸습니다. 인생의 최종 목적지는 '부'일까요? '권력'일까요? '명예'일까요? 아니면 '얼간之界'일까요?!!

자! 모두 앞다투어 '얼간이'가 됩시다.

July. 06. 2010. h.s.o

＊ 하늘에서 빛나는 물체를 보고

얼간이 갑 : “저건 해다.”

얼간이 을 : “아니다. 저것은 달이다.”

3시간을 우겨도 답이 안 나온다. 이때 옆 동네 사는 얼간이 병
이 지나간다.

얼간이 갑, 을 : “헤이! 저게 해냐? 달이냐?”

얼간이 병 : (30분 장고 끝에) “우리 동네 것이 아니라서 모르
　　　　　　겠는데요.”

세 분 모두 치(癡)의 경지였답니다.

여당與黨과 야당野黨

'당파싸움' 참 지긋지긋한 단어입니다. 이것은 보고 듣기만 해도 열 받는 말입니다. 왕조시대가 지나고 자유 민주주의 국가가 되었는데도 싸움은 그칠 줄 모릅니다. 정치하는 검은 무리(黨)의 권력욕 때문에 국민은 괴롭고 힘들며 나라번영은 거꾸로 퇴보합니다. 지도자들의 낮은 의식(권력욕)이 문제입니다.

싸움의 원인은 黨자에 있습니다. 黨은 검은 무리가 모인 산채 즉 아지트입니다. 이 아지트에는 건설적이고 양심적인 마음이 없습니다. 양심 있는 사람은 대번에 쫓겨납니다. 어두운 산채 안에서는 노동 안 하고 패거리 짜기와 빼앗아 먹을 궁리만 합니다. 이러니 이 글자를 없애기 전에는 이 산적 떼의 등쌀에 국민은 잘살기 어려울 겁니다.

민주주의를 꽃피운 선진국에는 당(黨)은 없고 파티(Party)만 있습니다. 이런 나라에서는 여당을 'The government (ministerial) party'라고 합니다. 글자 그대로 하면 '나라 경영(살림)을 맡은 팀'

이 됩니다. 이 팀은 나라 살림 잘 보라고 투표로 허락된 사람들입니다. 또 야당은 'The opposite party'라고 합니다. opposite 는 '반대하다'는 뜻이 아닙니다. 반대편에 앉아(자리하고)있다는 뜻입니다. 즉 같은 목표를 가진 다른 팀(분견대, 분임)입니다. 이 둘은 같은 편입니다. 우리가 공사할 때 설계도면에 'opposite hand'라고 표시되어 있으면 '이 물건이 대칭 위치에도 있다'는 뜻입니다. 방향과 위치를 나타내며 오른팔에 대한 왼팔을 말합니다. 야당(opposite party)의 역할은 다른 측면에서 관찰하는 감독 업무 (inspection)입니다. 결과 다른 아이디어 다른 의견을 제공합니다.

우리의 여당과 야당은 서로 적처럼 생각합니다. 이들이 서로 싸울 수밖에 없는 것이, 여당은 곳간 키를 가지고 마음대로 하려 하고, 야당(野黨)은 글자 그대로 들판인 한데(바깥)서 찬밥신세이기 때문입니다. 고루고루 등용하여 정보공유로 전체 이익을 추구하지 않고, 자기 당만 독식하니 싸움판이 됩니다. 욕심 때문에 싸움은 끝나지 않고 결국 나라는 망치고 국민만 고생하게 됩니다.

사실 의회는 공노가 아니므로 의원은 보수(회비)가 없는 명예직이어야 함이 바람직합니다. 물질 욕이 곧 권력욕이 됩니다. 의원은 무보수 지원자(volunteer)이어야 하며 참 리더(leader)가 선출되어야 합니다. 선진국의 지방의원은 대부분 무보수 봉사자들이 한다고 합니다.

정치판 이야기를 해서 수행에 방해가 좀 되었나요? 저급 의식 권력자들의 행태를 반면교사(反面教師)로 삼아 우리의 처지를 다행으로 알고자 함이니 양해하세요.

우주-무한대와 극미極微

달이 1년에 3.5㎝씩 지구로부터 멀어진답니다. 그 원인은 바다의 밀물과 썰물인데 이것이 지구가 자전하는 데에 저항(마찰=Friction)이 된다는 것입니다. 그렇다면 높은 산맥들도 지구 자전을 제법 방해하겠지요? 지금 달은 예수님 시절보다 76M 정도 지구로부터 달아났으며, 도보로 간다면 100보는 더 가야 할걸요. 우주 만물은 변하지 않는 것이 없습니다. 달이 영영 떠나버릴까요? 이런 일은 하늘이 제어하는 것이므로 신경 쓰지 마세요.

지구의 자전 속도는 시속 1,660㎞이고, 공전 속도는 시속 약 108,000㎞인데 이것은 초속 약 30㎞입니다. 총알보다 빠릅니다. 그런데 여기 지구표면에 붙어사는 우리는 전혀 속도감을 느끼지 못합니다.(어지럽다고요?)

은하계에는 태양(계)과 같은 별이 2,000억 개가 있고, 우주는 이 은하가 1,000억 개 이상 있답니다. 우주 속의 지구는 먼지알 하나이며 인간은 아예 보이질 않습니다. 그런데 인간의 머릿속에 우주가 통째로 들어갑니다. 신비 그 자체입니다.

우주는 팽창하고 있답니다. 팽창을 빠르게 하는 것이 폭발입니다. 우리는 폭발 속에 살고 있지만, 전혀 느끼지 못합니다.(멍멍하다구요?) 이 폭발의 짧은 순간에도 시집가고 장가가고 지지고 볶고 사는 게 참 신기합니다.

물질의 최소단위인 원자 안에는 원자핵이 있고 이 핵을 중심으로 다수의 전자가 빠르게 돌고 있습니다. 지구가 태양의 주위를 돌듯이. 태양과 지구 사이는 온통 공간입니다. 또 극미의 원자 안에서도 핵과 전자 사이는 큰 공간입니다. 우리 눈에는 딱딱한 고체인데도 말입니다. 물질(色)이 에너지(空)로 환원되는 것이 색즉시공인 것처럼 물질 내의 공간 또한 색즉시공(色卽是空)이라 해도 무방할 것입니다. 원효대사와 도반이었던 '의상대사'는 '일미진중함시방(一微塵中含十方)'이라 했습니다. 이것은 "물질의 최소단위(먼지) 속에 우주가 들어 있다"는 뜻입니다. 먼지 하나하나 속에도 또 하나의 우주가 들어 있다는 것입니다. 이것을 "빈 하늘은 물질 안에 스스로 존재한다"고 말합니다. 이미 천년도 전에 스님은 깨달음으로서 이 사실을 간파했던 것입니다. '우명 선생'도 "무심의 경지가 자연과 일체이고, 세상이 마음 안에 있고, 마음 안에 세상이 있다. 또한, 먼지 안에 세상이 있다"고 한 것입니다.

돌고 도는 전자-지구-태양-은하, 왜 돌까요? 살아 있기 때문이며 서로 잡아당기기 때문이 아닐까요? 그렇다면 이 일연의 회전과 질서는 무슨 조화(harmony)이며 누가 조정을 할까요? 이 '절대 힘의 근원'은 무엇(누구)일까요? 저절로 그렇게 되었다고요? 그렇다면 우리가 사용하는 자동차나 비행기도 저절로 되었나요? 아니지요. 이것들은 인간이 창조한 것이며 그 설계된 대로 움직이는 것입니다. 결국, 먼지에서 우주까지 이 3차원은 마음 안에 있는 것입니다. 이쯤에서 무신론을 주장할 수 있나요?

과학자(천문학자)들은 극대(極大)인 우주의 끝을 찾을 수가 없습니다.

또 극소(極小)인 물질의 최소단위를 찾을 수 없습니다. 물질의 성질을 유지하는 최소단위가 분자라는 것은 알았고, 그 하위의 원자, 전자를 지나 쿼크(Quark) 입자까지 발견했으나 극소의 끝도 또한 보이지 않습니다. 그러더니 끈질긴 과학자들은 끈 이론(String theory)으로 '끈'이라는 더 작은 물질을 찾아냈지만, 이것을 증명하는 데는 엄청나게 큰 입자가속기가 필요하므로 갈 길이 막힌 상태입니다.

그러나 최근의 과학자들은 "프랑크 상태(프랑크 헤르츠의 실험 : 물질의 최소단위를 찾음)에서는 시공간이 사라지는 것 같다(시공 초월)"라고 조심스레 신(조물주)의 존재를 인식하는 것 같습니다. 앞으로도 과학자들은 극대와 극소의 양쪽 끝이 어디인지를 계속 찾겠지만, 사실은 3차원 안에서 노는 겁니다. 부처님(하나님) 손바닥 안에 있습니다. 3차원 내에서도 인간의 눈에 보이는 물질은 13%뿐입니다. 물질세계의 87%는 보이지 않는다는 것입니다.

극대와 극미에 대한 답은 시공 초월에 있다고 봅니다. 마하반야(초월 지혜) 말입니다. 깨달음이라고 하며 신과 합일이라고도 하는 그곳에 도달하면 저절로 알게 된다는 것입니다.

우리가 사는 이 3차원은 끊임없이 변하는 헛것이라고 합니다.

무한히 큰 우주와 극미의 원자… 깨달은 자는 무한대에서 극미까지 보는 혜안이 있다고 합니다. 해결책은 이 3차원을 벗어나는 일입니다.

인간의 머릿속에 우주, 은하, 태양, 지구, 원자까지 다 집어넣을 수 있으니 인간 자체가 신비합니다. 사람이 곧 하늘(인내천 : 人乃天)이니 깨달음은 누구나 성취할 수 있다고 합니다.

인사人事 이야기

    사람이 하는 일이 곧 인사(人事)입니다. 사람이 한 인간으로서 사회생활을 할 때 꼭 해야만 하는 인사가 있고, 하지 않을수록 좋은 인사가 있습니다.

해야 할 인사(人事, Greeting)

    "인간사(人間事) 중에 가장 중요한 것이 인사(Greeting)다"라고 말들 합니다. 사실입니다. 인사는 인간사의 근본입니다. 진리입니다. "방구 질(길)나자 보리 양석(식) 떨어진다"고 이 기막힌 진리를 깨닫고 보니 아차! 인생은 이미 황혼에 서 있군요.

    인사는 도덕의 뼈대이며 평화의 수단이라고 합니다. 인사는 자기가 소속된 커뮤니티 내에서 단체에 순종하여 규율과 규범을 지키겠다는 표시이며, 질서를 세우고 도덕을 일으켜 평화로운 사회를 만드는 데 동참한다는 의지를 나타내는 행위입니다.

    이런 사회학적 의미를 넘어서 "인사는 한 영혼이 다른 영혼과 교감하는 것"이라고 합니다. 즉 따로 존재하는 각각의 영혼들이 원래 하나(우주혼)에서 분리된 것이라는 신의 섭리를 상호 확인하는 방법이라는 것입니다. 고로 인사는 심오한 영적 행위입니다. 대부분 우리는 이런 중요하고 거룩한 사실을 깨닫지 못하고 "출세하면 인사해야지!" "돈 벌면 찾아봬야지!" 하며 뒤로 미루고는 엉뚱한 데다 시간을 허비하고 맙니다. 선인들이 "인생살이의 성공 여부는 인사성(人事性) 여부에 달려있다"라고 인사의 중요성을 역설했음에도 그 많은 세월을 "먼저 인사하면 후에 복 받아 성공한다"는 원리를 거꾸로 알고 있었던 것입니다. 그러니 후예들에게 인사에 대한 교육도 못할 입장이니 안타까울 뿐입니다.

안 할수록 좋은 인사(人事 : 인력의 배치)

인력배치를 듣기 좋은 말로 인사업무(人事業務 : Man-Power Scheduling)라고 합니다. 사람들은 벼슬길에 나가거나 어떤 단체 내에서 인사권(人事權)을 갖기를 갈망합니다. 그래야 출세한 것으로 생각합니다. 또 그것을 대단한 끗발이라고 생각합니다.

하지만 그 권력은 영혼적으로 매우 불행한 기회로 작용한다고 합니다. 왜냐하면, 인사업무라는 것이 합리적으로 행하기가 참으로 어려운 것이며, 사람이 사람을 평가하게 되므로 그 끝에는 반드시 불만족과 잡음이 생기며, 그 결과로 인사를 행하는 사람이나 행함을 당하는 사람이나 모두 영혼에 상처를 입게 된다는 것입니다. 영혼에 부정적인 오염이 낀다는 이야깁니다.

국가나 조직사회에서의 인사업무는 그 누군가는 꼭 해야만 할 일이지만 사람이 살아가면서 그 추한 인사담당은 안 해보았다는 것이 정말 다행스러운 일이랍니다.

성인들도 인사업무의 조심스러움과 그 어려움에 대하여 많은 주의를 주었습니다. 토정집(이지함)에는 '인간소원 4가지' 중 '귀(貴)' 항에서 말하기를 "벼슬 않는 것이 곧 귀이며, 벼슬로써 인간을 다스리지 않은 것이 천만다행"이라고 했습니다. 인간사의 인사업무는 지저분하고 웬갖 청탁이 오물에 벌레 끼듯 달려들어 영혼에 큰 손상을 입힌다는 토정 님의 말씀입니다.

잘못된 인사는 국가나 단체를 망쳐놓을 수 있고 많은 사람에게 피해를 줄 수도 있다는 것을 생각할 때 "이 끗발 없던 인생도 나름대로 복이었구나!"라고 생각합시다.

Nov. 12.

인연因緣

우주의 형성원리(본성)는 인연(因緣)이라고 합니다.

"인연은 제법의 실상(諸法의 實相), 즉 우주 법칙인 인연법의 결과에 따라 맺어지는 것이며 또 인연과 자성은 정신계의 본성으로 정신계를 지배한다"고 합니다. 선각자들이 좀 어려운 말로 표현했습니다만, 쉽게 말하면 인(因)과 인 사이에는 연(緣)이라는 정보로 연결되어 있고 이것이 그물처럼 짜여 우주 만물이 형성되었다는 뜻입니다.

이 세상에 사람으로 태어나는 일은 100M 높이의 절벽 위에서 실타래를 던져 아래에 있는 바늘귀에 실이 꿰어질 수 있는 확률이라고 합니다. 한 인자(因子)가 무한대의 우주 시공간에서 억겁의 세월을 떠돌다가 어떤 인연으로 인하여 인간의 몸을 받을 수 있는 확률은 계산이 불가능하다는 이야깁니다(1겁(劫)=가로, 세로, 높이 각 10리 되는 대리석에 천년에 한 번씩 천사가 날아와 10분간 휴식하고 갈 때 옷깃에 살짝 스쳐 그 대리석이 다 닳아 없어지는 시간).

사람으로 태어나기가 이럴진대 우리가 동기(同期)라는 인연(人緣)으로 만난다는 것 또한 우연히 저절로 될 일이 아니지요. 과거의 어떤 인연의 결과(果)에 전우라는 연을 더하여 새로운 결과로 태어난 것이 바로 동기입니다. 참으로 무량계의 깊이에서 온 인연입니다.

그런데 한번 엮여버린 인연(因緣=人緣)은 그 질기기가 마치 쇠심줄에다 고래 심줄을 꼬아 만든 밧줄 같아 이것으로부터 빠져나가려고 아무리 발버둥 쳐도 그 인연이 만든 업(業)이 해소되기 전에는 절대로 끊어지지 않는다는 것입니다. 우리가 청운의 눈 푸른 시절 한날한시 한곳에서 한 가지 목표 아래 똑같이 고행(수행)의 길을 출발했다는 이 경험적 사실(經驗的事實=緣) 앞에서는 "난 싫어! 난 동기 안 할껴!"라고 해봤자 제아무리 도피 및 도망 전술 교관일지라도 탈출이 불가능하다는 이야깁니다.

인연(人緣)은 너+나 그리고 공간으로 짜여있어서 항시 상호작용(相互作用)으로 나타나는데 타(他)의 고통은 나의 악업(惡業)이고 타의 이로움과 기쁨은 나의 선업(善業)이 됩니다. 다행스럽게도 우리의 연은 악연(惡緣)이 아닙니다. 동기의 연(緣)인 전우애는 이타행(利他行)이므로 당연히 선업(善業)을 낳고 그것도 '쌍방향 선업'으로 나타납니다. 이것은 마치 어느 벗이 '쐬주를 샀다'고 하면 타에 기쁨을 준 선업에 따라 그는 덕업(德業)을 하나 더 쌓게 되고 대접받은 벗은 그 벗의 덕업 쌓는데 일조(챈스 제공)를 했으니 덩달아 덕업을 쌓게 되는 쌍방 동시 즐거움이 되는 것과 같지요(예를 잘못 들어뿌렸나?!).

법정 님은 "혼자 있기를 좋아하는 사람들의 공통점은 인연으로 인하여 발생하는 업(業)을 만들지 않기 위하여 사람을 만나지 않는다"고 했습니다. 그는 또 "외로움보다는 싸움이 낫지만, 친하지 않은 사람을 만나는 것보다는 외로움이 낫다"고 했습니다. 결국, 악업을 만들 수 있는 사람을 만나지 말라는 말씀 같네요.

하여튼 동기는 참 편합니다. 동기는 운명적 만남입니다. 동기는 자율적이며, 나이, 신분, 직위, 출신, 권력, 금력, 종교 이 모든 것을 초월(Govern)하는 '아름다운 길벗'입니다.

Jan. 05. 2010.

잠-영혼의 외출

여름날은 시도 때도 없이 잠이 옵니다. 예쁜 놈이 잠을 많이 자면 '잠복'을 타고났다 하고, 미운 놈이 많이 자면 '게으른 놈'이라 하지요.

사람들은 잠을 그냥 '육신의 피로를 풀기 위한 것'이라고만 알고 있는데 사실 잠(睡眠 : 수면)은 그 근본 목적이 '영 에너지의 충전'에 있으며 조물주의 창조 과정에서 '숨'만큼이나 중요한 것이라고 합니다.

육체의 모든 기관은 잉태 후 사망 시까지(수면 중에도) 운동을 멈출 수가 없으며 육신은 기계처럼 그 사용 연한이 있습니다. 잠잘 때도 뇌는 끊임없이 활동하며 심장의 박동(throb)도 멈추지 않습니다. 이 쉬지 않는 기관만 보아도 육체의 재충전(피로 회복)은 수면(잠)하고는 무관하다는 것입니다. 많은 일이나 운동을 하고 난 후에 잠이 쏟아지는 것은 육체가 잠을 이용하여 휴식을 취하려는 신의 오묘한 장난(계산)이며 육체는 기계처럼 그냥 휴식(Relaxation, Recreation)만으로도 피로가 회복된다는 것이지요.(의학자들의 생각이 아님)

잠은 영혼의 '영 에너지 수급'을 위하여 필요불가결(必要不可缺)하다고 합니다. 비노바 바베는 이것을 '잠 속에서의 성찰'이라 표현했습니다. 성경에 이르기를 "그러므로, 신(조물주)께서 그 사랑하는 자에게 잠을 주시도다(시편 127:2)"라고 했고, 여기서 휴식을 준 게 아니고 잠을 준 것만 봐도 잠(수면)은 육체 피로 회복이 목적이 아니라는 것이며 저 내면의 '영혼의 성장'을 위한 그 무엇을 잠을 통하여 준다는 것인데 그것은 바로 신의 선물인 '영 에너지 공급'입니다.

즉 새벽부터 저녁까지 일만 하여 얻은 세상 것의 열매는 헛된 것이므로, 신은 이것(물질욕)을 걱정하여 잠이라는 천사를 보내 영혼의 성장을 돕는 것입니다.

잠을 '영혼의 외출'이라고 합니다. 이것을 '죽음의 예행연습'이라 하는데 영혼이 3차원을 떠나는 훈련입니다(비노바 바베). 수면 중에 영혼은 사람 몸의 성소로부터 외출하여 과거 의식(잠재의식) 속으로 여행을 합니다. 이때 상위 차원으로부터 마음(의식)의 세탁과 함께 '영 에너지'의 공급을 받으며 여러 곳을 가 본다고 합니다. 이때 광자체(光子體)인 영혼은 육체와 영자선(靈子線)이라는 끈으로 서로 연결되어 있다고 합니다. 영자선이 끊어지면 육체와의 결별 곧 '육신의 죽음'이 되지요. 쉬운 말로 영자선은 혼 줄이며 우리가 되게 놀랬거나 매우 어려운 일을 겪고 나서 '혼쭐났다'라고 하는 말은 '혼 줄을 놓을 뻔했다' 즉 '영자선이 끊어질 뻔했다'라는 뜻입니다.

잠이 없으면 영혼의 성장과 발전이 없다는 이야깁니다. 그래서 선사님은 말합니다.

"배고프면 먹고~~, 졸리면 자고~~"

님네들! 온갖 걱정으로 헛시간 보내느니 차라리 발 씻고 뒤비 자는 게 낫지요!?

"야가 더위 묵었나? 무슨 말도 아니고 중우(바지) 가랑이도 아닌, 귀신 씻나락 까먹는 소리에 장마도깨비 여울물 건너는 소릴 해 쌌냐!"라구요? 그러니까 이해가 안 될 때는 무조건 납득을 하시라구요!

Aug. 01.

줄탁지기 啐啄之機

어미 닭이 둥우리 속에서 20일쯤 고생을 하면 알 속에는 병아리가 생깁니다. 병아리가 스스로 껍질을 뚫고 나올 때쯤, 이놈은 먼저 "삐약" 하고 밖에다 신호를 보냅니다. 이때 어미 닭이 부리로 "톡" 하고 응답 신호를 보냅니다. 이 병아리의 줄(啐:삐약)과 어미 닭의 탁(啄:톡! 꼬꼬!)이 거의 동시에 일어나는 이 챈스(chance)를 줄탁지기라 합니다. 줄은 "바깥 상황은 어때요? 날씨는? 온도는? 주위에 족제비, 비얌, 매 등은 없나요?" 하고 묻는 것입니다. 탁은 "그래 나와라! 안전하다!"라는 대답입니다.

농부와 어미 닭은 병아리가 껍질을 깨고 나올 때 절대로 도와주지 않는답니다. 나올 때 바둥대는 몸짓이 안타까워 옆에서 도와주면 살지 못한다고 합니다. 부화의 전 과정을 억지로 단축시킬 수 없다는 것입니다. 자연의 이치처럼 수행에서도 서두르거나 그 과정을 생략하면 깨달음에 도달하기 어려운 것입니다.

농부는 부화용 둥지를 처마 밑 안쪽 서까래에다 매달아 둡니다. 천적이 쉽사리 접근할 수 없는 위치입니다. 둥지와 마당 사이는 너무 높기 때문에 마루에다 곡식 가마니를 하나 놓아 어미 닭이 오르내리기 편하도록 배려합니다. 부화가 완료되고 마당으로 내려오는 날은 대단한 작전이 벌어집니다. 맑고 바람이 없는 날의 아침나절에 둥지 탈출을 감행합니다. 농부는 정지간이나 고방 등에 숨어서 보초를 서고 강아지는 제집에 단단히 묶어두고 사립 문도 닫아겁니다. 수탉은 아침부터 고개를 치켜들고 볏을 흔들며 마당을 빙빙 돌아 천적출몰에 대비한 사주경계를 철저히 합니다. 이때 둥우리의 어미 닭이 먼저 점프(jump)를 합니다. 뒤따라 병아리들은 맨몸으로 뛰어내리는데 어떤 놈은 마루에 떨어졌다가 봉당으로 튕겨나고 대부분은 맨땅 흙바닥에 내동댕이쳐집니다. 점프 완료와 동시 어미 닭은 병아리들을 수습하여 날개 속에 숨기고 농부는 둥근 대사리 소쿠리를 엎어 그 속에다 모두를 보호합니다. 특전부대 작전과 비슷합니다. 그러나 요즘은 부화기에서 일괄 처리해 버립니다.

선(禪)의 세계(선방)에서는 이 순간을 줄탁동기(崒啄同機)라고 합니다. 줄(崒)자에 뫼 산(山)자가 들어가는 게 재미있지요.

정진에 정진을 거듭하여 익을 대로 익은 선승(仙僧)이 정정(正定)의 상태(범어 : 아뇩다라삼먁삼보리의 경지)에서 깨달음의 벽을 막 넘어서려는 찰나가 임박한 순간 옆에서 제자의 깨달음을 할(喝 : 갈)로서 도와주는 사승(사부)의 역할이 마치 어미 닭과 병아리 간에 일어나는 줄탁지기(崒啄之機)와 흡사하다는 것입니다.

먼저 사승은 제자의 성숙도를 이미 알고 있어, 기회를 엿보며 제자의 선방 근처를 왔다 갔다 하다가 제자가 줄(啐)하는 순간 탁(啄)하여 제자를 깨달음의 세계로 확 잡아당겨 끌어들인다는 것입니다. 극멸히 아름다운 순간이지요. 일순간에 니르바나의 경지로 차원 이동을 하는 것입니다.

님네들, 자식 결혼시키면서 그 흔한 아파트 하나 마련 못 해주었다고 하여 안타까워하지 마세요. 병아리 부화를 옆에서 도와주면 오히려 병아리가 죽는다잖아요. 경제력 없는 부모가 자식의 인생길에 더 좋은 약이 될 수도 있지 않겠어요? 어차피 인생이란 긴 수행의 길, 수행을 누가 대신해 줄 수가 있나요? 많은 경험의 결실 아니겠습니까? '깨끗한 영혼' 이것이 인생의 최종목표입니다.

청문회 聽聞會

청문회(聽聞會)는 듣는 일(회의)입니다.

청(聽)은 '들을 청'이며 큰 귀(耳)를 가진 덕망 있는(德) 임금님(王, 또는 높은 분)을 뜻합니다. 이 글자는 당나귀 귀를 가진 임금님이 어려운 사람들의 말에 귀를 기울여 그들을 도우고자 하는 마음을 나타냅니다.

문(聞) 또한 '들을 문'입니다. 문을 활짝 열어놓고 큰 귀로 잘 듣겠다는 뜻이며 정보를 받아들이고자 하는 자세입니다.

그러므로 청문회는 듣고 또 듣고 오로지 계속 듣기만 하는 회의입니다.

의원들이 인사청문회(人事聽聞會)라는 것을 합니다.

불려 나온 사람은 자기 이름 대고 거짓말 안 하겠다고 서약하는 것 외는 아무 말을 못 합니다. 의원들은 그 사람의 약점을 낱낱이 적어 와서는 서슬이 퍼렇게 호통을 칩니다. 피 청문인은 순식간에 죄인이 되어 버립니다. 이 양반은 말을 하기 위해서 나왔

는데 말은커녕 입술을 뗄 찬스도 주지 않습니다. 이렇게 청문회
는 졸지에 신문회(訊問會)가 되어 버리는데, 이런 수모와 하급인간
대접을 받으면서까지 꼭 벼슬을 하고 싶을까요? 벼슬의 부산물
이 권력일진대 권력욕에 마비되면 이성도 마비되는 모양이더래
요?

의원들은 말 안 하고 듣기만 해도 모든 자료로써 이 사람의 적
부를 쉽게 판단할 수 있는데도, 청문회의 뜻을 잘 모르는 자기의
무식함을 드러내고, 피 청문인 또한 남이 모르는 약점이 세상에
다 노출되는데도 벼슬에 목을 매는 졸렬함을 드러냅니다.

사실 오늘날에는 개인의 정보가 행정기관 사법기관과 세무서
등에 모두 저장되어 있으므로 청문회 같은 제도는 시대에 맞지
않습니다. 돈 낭비 시간 낭비일 뿐입니다. 권력 가진 이들은 그것
도 끗발이라고 제도를 버리지 않지요.

남의 이야기를 경청함은 지도자(Leader)의 기본자세입니다. 세
상을 바꾼 위대한 사람들의 특징은 훌륭한 경청자였습니다. 상대
를 진솔하게 사랑했기 때문입니다.

성경 속(사도행전)의 바나바(Barnabas)는 '사울'의 이야기를 끈질기
게 경청함으로써 그의 인물됨을 알았고 그를 변화시켜 사도의 길
을 열어 주었으며 그가 오늘날 인류의 영혼을 깨우치는 데 큰 역
할을 하게 만든 '성 바울(St. Paul)'이 된 것입니다.

듣는 자에게 복이 온답니다. 겸손하지 않으면 들리지 않는답니다. 입은 영양섭취와 노래 부를 때 외는 불필요합니다.

모두 혓바닥이 나불대지 못하도록 입술 보초 잘 섭시다. 그래야 잘 들리지요.

행幸과 복福

옛날 어느 왕이 큰 병이 났는데 백약이 무효라. 어느 날 한 선 각자를 불러 치유법을 물으매 "행복한 사람의 속옷을 구해다 입 으면 병이 낫는다" 했더니, 온 나라를 샅샅이 뒤져 두메산골에서 행복한 부부를 겨우 찾아냈는데 그들은 너무나 가난해 속옷이 없 더랍니다.

사전에는 '행복'을 '불만이 없다'라고 정의합니다. 불만이 없는 사람은 득도한 분이겠지요?

행(幸)은 사전에 '뜻밖에 잘되어 좋음'이라고 풀이되어 있습니 다. 여기서 뜻밖이란 운(運)이며 있을 수도 있고, 없을 수도 있다는 뜻입니다. 더구나 운(運)은 하늘이 주는 것으로 선택된 사람에게 만 내리는 것입니다. 선택된 사람이란 덕업(德業)을 아주 많이 쌓 은 사람입니다.

행(幸)자는 글자의 중간을 수평으로 자르면 탑(㚒)이 수면 아래 거꾸로(㚒) 비친 풍경이니 허상(虛像)이라는 것입니다. 즉 수면 아래 쪽은 없습니다. 반사된 그림자입니다.

요행(僥倖) 또한 원활 요와 다행할 행인데 뜻밖의 행운을 바라는 것입니다. 그러나 요행은 요행일 뿐입니다.

복(福)은 시(示)＋부(富)입니다. 부(富)는 한 가족(一)의 입(口)을 먹일 수 있는 밭(田)을 가진 집(宀)이고, 복(福)은 그 밭이 '여럿에게 보인다(示)' 즉 '여럿이 먹는다'라는 뜻이랍니다. 보통 재물이 많고, 자손이 번창하고, 높은 벼슬에 오르는 것을 '복이 있다'라고 하지만 사실 福자는 '나눈다'는 뜻으로 쓰인다고 합니다. 명절에 대문에다 福자를 써 붙여 놓는데 순전히 '나눔'의 뜻이랍니다. 사람들은 오복(五福 : 장수, 부, 귀, 건강, 많은 자손)을 기원합니다. 그러나 오복은 '복행(福行 : 나눔의 실천)의 완성' 후에 하늘이 결정하는 운(運)에 따라 주어진다고 합니다.

사람들은 행(幸)과 복(福)을 갈구합니다. 그러나 행복은 물질로 존재하지 않습니다.

돈으로도 살 수 있는 물건이 아닙니다.

그래서 선각자들은 "행복은 외부에는 없고 자기 마음속에 있는 것이며 큰 만족감(＝무욕)이 곧 행복이다"라고 했습니다.(긍정)

영어의 'Happy'는 아일랜드어 합(Hap＝운, 기회)에서 유래된 것인데 서양 사람들도 "행복은 외부에는 없다"는 것을 알고 있었던 것 같습니다. 행복지수 1위인 방글라데시는 인생을 가장 만족하며 사는 나라(사람)로서 깨달음에 관한 한 세계 최고 선진국이지요.

오유지족(吾唯知足 : 나는 오직 만족을 안다)을 悟唯知足으로 써 놓고 보면 만족함이 곧 깨달음(천국)이라는 뜻이 됩니다. 지족천(知足天), 즉 만족함이 곧 천국입니다.

그러므로 행(幸)은 자기 마음먹기에 따른 것이고, 복(福)은 나눔이므로 "행복(幸福)은 나누어서 나의 마음이 만족감을 느낀다"입니다.(사랑)

'복이 많은 사람'이란 과거의 선업(善業)으로 인하야 현재에 재물이 번성하며 또 그 재물을 여럿에게 나눔(福=기부=보시)으로서 그 자비행(慈悲行)으로 인하야 천상에 날 사람을 칭한다고 합니다. 두꺼운 덕업을 쌓은 그 영혼이 참 부럽지요.

지하철에서 성인(聖人 : 장애인, 걸인)을 보고 우물쭈물하다가 적선의 챈스를 놓치면 온종일 찝찔하지만 조금이나마 복행(나눔)을 하고 나면 종일 홀가분하지요.

이것이 행복에 대한 동양인의 사상입니다. 보통 사람들은 플라톤의 행복론으로 행복의 기준을 찾으려고도 합니다. 그는 자기의 재산, 용모, 명예, 체력, 말솜씨의 수준이 보통이상이면 행복하다고 정의했는데, 정말 우리의 행복 기준과 비교하면 한참 아래 차원이지요.

님네들! 행복＝긍정(자족)＋사랑(나눔)입니다.

Feb. 20.

제3부

오온五蘊 이야기

걱정 2

　이 사바세계(娑婆世界)에 살면서 걱정 없는 사람이 어디에 있겠습니까? 대부분의 사람들은 재화를 많이 가질수록 거기에 비례하여 걱정도 많아진다고 합니다.

　걱정은 근심입니다. 속을 태우는 것입니다. 속은 오장육부인데 여기에 열이 가해져서 태워진다는 것입니다. 한자표기는 없지만, 근심을 '斤心'으로 써 놓고 보면 도끼로 심장을 찍는다는 뜻이됩니다. 무섭지요? 사전에는 걱정을 '마음을 끓이는 것'으로 풀이했는데, 실제로 마음이 걱정을 만들어 내는데도 진작에 마음이란 놈은 쏙 빠져버리고 사람 속(각종 장기)만 볶아집니다. 우리는 오만가지 걱정을 하면서 살고 있습니다. 그런데 이 많은 걱정은 실제로 일어나지 않을 미래에 대한 환상 내지 망상입니다.

　걱정은 미래에 대한 일이며, 항상 그 대상(상대)이 있으며, 마음이 죽지 않는 한 끊임없이 일어납니다. 일단 걱정이 생기면 그 대부분은 본인의 육신과 영혼을 황폐시킵니다.

　진우 스님은 "우리가 마음이 불편하다는 것은 대부분 미래를 걱정하고 그 결과에 집착(執着)하기 때문이다. 미래와 그 결과는 이미 정해져 있다. 또 지금의 걱정은 미래 걱정의 씨앗이 되어 반복 걱정을 낳는다."라고 했는데 걱정은 욕심(집착)이 만들고, 이것은 반복되며 증폭(발전)된다는 말씀입니다. 코란에는 근심의 원인 해결 없이는 그것으로 인하야 불의 징벌을 맛본다고 했습니다. 문제를 일단 피하는 것은 해결책이 아니라는 뜻입니다.

걱정에서 벗어나기

성경에서는 "항상 기뻐하라!:Rejoice Always!"라고 했습니다.

걱정을 금세 잊어버리는 사람을 '낙천가'라 합니다. 이런 사람은 큰 병에 잘 걸리지 않는답니다. 어린이도 걱정을 하지 않습니다. 마음이 아직 오염되지 않았기 때문입니다. 욕심이 없기 때문입니다.

이슬람의 선각자 '나루스딘'은 아기가 없어졌는데도 "아직 찾아볼 곳이 남아 있다면 걱정하지 마라!"라고 좀 심하게 말했는데, 그만큼 걱정이 영혼에 나쁘다는 뜻입니다. 실제 중동사람들은 걱정을 안 합니다. 이들은 욕심이 적어 아파트 지어 줘도 그냥 사막에 텐트 치고 즐겁게 삽니다. 모든 게 '인샤알라!(신의 뜻대로)'입니다. 몽땅 하늘에 맡깁니다. 벙거지 쓴 사람이 천국에 제일 많겠지요?

요즘 마음 다스리기 선원이 곳곳에 있는데 모두 욕심 버리는 기술(?)을 연마하는 곳입니다. 결국, 걱정의 주범은 욕심이고, 욕심은 오염된 마음 때문이므로 이 오염된 마음(차별심=구별심)을 없애는 것이 수행입니다. 오염된 마음을 없애면(無心이 되면) 남는 것은 '원래 마음' 즉 신의 마음이 됩니다. 곧 신과 합일(깨달음=니르바나의 경지)입니다.

걱정은 염려(念慮)입니다. 걱정 없애기는 '염려 내려놓기'입니다. '하염없이 걷기'는 아무 생각 없이, 멍청히 걷는 명상입니다. 모두 아무 생각 없이 걸읍시다. 나이 들면 저절로 걱정이 줄어들지요. 가능성이 사라지니 욕심도 덩달아 사라집니다.

여기 성철 스님의 "너무 걱정하지 마라"를 이해하기 쉽게 그래픽으로 표현했으니(별지), 보이는 곳에다 붙여 놓고 수시로 읽고 "걱정 일랑 허덜 맙시다!"

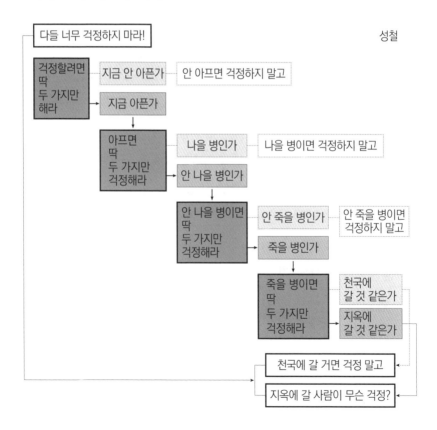

다들 너무 걱정하지 마라!　　　　　　　　　　　　　　　　성철

걱정할려면 딱 두 가지만 해라
　지금 안 아픈가 → 안 아프면 걱정하지 말고
　지금 아픈가

아프면 딱 두 가지만 걱정해라
　나을 병인가 → 나을 병이면 걱정하지 말고
　안 나을 병인가

안 나을 병이면 딱 두 가지만 걱정해라
　안 죽을 병인가 → 안 죽을 병이면 걱정하지 말고
　죽을 병인가

죽을 병이면 딱 두 가지만 걱정해라
　천국에 갈 것 같은가
　지옥에 갈 것 같은가

천국에 갈 거면 걱정 말고
지옥에 갈 사람이 무슨 걱정?

공존Co-existence과 편 가르기

어떤 나라 사람들은 종교가 다르다고 서로 싸워대고, 이쪽 사람들은 생각이 다르다고 편을 갈라 싸움을 해대고~~, 또 죽도록 서로 미워해대고~~.

인간들이 하는 '편 가르기'는 의식이 낮은 사람들에게서 나타나는 부정적 행동입니다. 이것은 주로 종교, 이념, 정당, 지리적 위치, 피부색 등의 차이로 인하여 발생하는데, 문제는 이 행위를 저급의식의 소유자가 주도하는 데 있습니다.

인종적 우월감, 맹신적인 종교 행위, 물질욕, 권력욕 때문에 생기는 이 편 가르기는 안타깝게도 그 결과는 항상 '인류파괴'와 '영혼의 퇴보'만 초래하였습니다.

인간에게 내재된 각각의 영혼은 우주 혼과 연결되어 있고 인종, 출신, 종교 등과 관계없이 모두 우주 혼을 한 뿌리로 하는 서로 연결된 줄기와 가지라고 합니다.

무지한 인간들은 자기 쪽 욕심을 채우기 위해 다른 쪽 줄기를 죽이니 그 뿌리가 멸하여 이쪽 줄기도 말라 죽게 되는데, 미련하게도 이 '공멸(共滅)의 공식'인 '편 가르기'를 멈출 줄 모르는 최하위의 의식 상태에 있는 것입니다.

의식(意識 : Consciousness)은 인간 스스로의 수행으로 깨우쳐 발전해야 하기 때문에 하늘은 가끔씩 성인(聖人 : Messenger = Prophet)을 내려보내서 인간의 혼(의식체)의 정화(수행)를 돕게 되는데 이것이 바로 같은 내용(목표)인 다른 모습의 종교 형태로 나타난다는 것입니다. 간디는 "모든 종교는 가는 길이 서로 다를 뿐 그 목적지(Destination)는 하나이며 어떤 종교를 믿든 그것은 자기가 좋아하는 길(방법)을 가는 것일 뿐"이라고 했습니다. 사실 성전(종교전쟁)은 '저 의식 종교 지도자'가 성전이라는 명분 아래 저지르는 '편 가르기'이지요.

영혼은 한 종류(조물주의 분신)입니다. 죽어 저승에 간 영혼에게 "너 어데 출신이냐?" "너 백인이었냐?" "무슨 벼슬을 했고, 무슨 종교를 믿었냐?"라고 물을까요? 바다에 도착하면 그냥 모두 바닷물이지 "너 어느 강 출신이냐? 메콩강? 갠지스강? 아니면 한강?" 하고 출신 강에 따라 편이 갈릴까요? 자연(神)은 공존(Co-existence)만이 잘 사는 길이라고 보여 주고 있습니다.

人生 길은 수행(修行)의 길입니다. 동기 모임도 하나의 수행 장입니다. 수행 장에 온 사람은 과거의 것은 묻지도 따지지도 않습니다. 현재의 '사랑'만이 중요하니까요.

길벗 1

'길벗'은 수행(修行) 길의 동행인(同行人)입니다.

우리는 같은 학교를 같은 해에 나왔다는 운명으로 인하여 자동으로 人生 길의 동반자(同伴者)가 되어버렸고 여럿이 함께 가는 수행 길이니 도반(道伴)이 모여 도반(道班)이 된 거예요.

인연(因緣)은 심줄같이 질겨 과거의 이 체험적 사실에 묶여 여기까지 함께 왔고 또 같이 나아가는 것입니다.

"친구는 어진 이가 좋다"라고 노자(老子)께서 말씀하셨습니다. 모두 어진 사람으로 구성된 우리 道班의 修行 길은 이래서 더욱 즐겁지요.

법정 님은 "친구란 내 부름에 대한 응답이고, 함께 어울리니 안개 속에서 옷이 젖듯이 친구의 영향이 아는 듯 모르는 듯 젖어 드네!"라고 했습니다. 정말 우리 道班에는 자기 분야의 풍부한 지식과 실력 그리고 빛나는 지혜를 겸비한 어질고도 리더십 있고 사람 좋은 벗이 많아 부지불식간에 그들의 깨달음이 서로에게 젖어

들기도 합니다. 또 "진정한 도반은 내 영혼의 얼굴이며 말이 없어도 모든 생각과 소원과 기대가 소리 없는 기쁨으로 교류되며 이때 눈과 마음은 시공을 넘어 하나가 된다"라고 했습니다. 道班의 소중함을 깨우치게 하는 말씀입니다.

법구경(法句經)에도 "지혜로운 사람은 잠깐 동안 어진 이를 가까이만 해도 곧 진리를 깨닫는다"고 했으며, 또 "생각이 깊고 총명하고 어진 반려자가 될 친구가 있거든 어려움을 극복하고 마음 놓고 가까이하라!"라고 했습니다. 어진 친구라고 판단되면 그의 작은 단점에는 개의치 말고 놓치지 말라는 이야깁니다. 우리가 마음에 새겨 두어야 할 말입니다.

중동에서 일할 때, 한 무슬림 친구는 "내가 왜 모스크(교회당)에 열심히 나가냐 하면, 거기에는 신심이 깊고 지혜로운 사람(영혼)이 있어 그 친구 옆에 붙어 있다가 그가 하늘의 들림을 받을 때 덩달아 들림을 받으려고 그런다"고 했습니다. 꼼사리 껴 천당을 가려고 하는 의도가 얄밉다기보다는 이 털북숭이 아저씨의 단순하고 어린이 같은 순수한 영혼이 부러웠습니다. 이처럼 지혜로운 도반은 어느 순간 우리의 깨달음에 '줄탁지기의 찬스'를 줄 수도 있다는 것입니다. 모든 도반은 다 스승이며 도반이 없는 것은 적막이라고 합니다.

'어진 벗'은 '유붕의 자원방래(有朋自遠方來)'를 즐기며 지혜를 나누고 물질적 베풂도 즐깁니다. 유붕은 어진 벗의 대접을 즐겁게 받음으로써 그 벗의 덕업(德業)을 높여주게 되는 것입니다. '도반의 길'은 서로 부담이 없으며, 자율적이며 조금도 강제성이 없습니다. 도반 안에는 순수함만 있으며 상하 전후가 있을 수 없습니다.

득도를 못 했다고 하여 오던 길을 되돌아갈 수 없는 게 인생(修行 : 수행)길입니다. 그래도 못 깨달은 도반끼리는 북망산 가는 길동무도 즐거울 터이니~~~, 우린 그냥 '영혼의 동반자' 그 이상도 그 이하도 아닌 거라요~~.

Aug. 15. 2008.

길벗 2 - 도반 예찬

도반(道班)들이 마음을 모아 길을 떠납니다. 해제일의 수도승처럼 봇짐을 꾸려서, 봄은 어디메 오고 있는지 남쪽으로 찾아갑니다.

먼 길 떠남은 '자기를 되돌아볼 수 있는 절호의 기회'라고 합니다. 부처님 말씀에 "인간은 오직 타인들과의 관계 속에서만 진정으로 존재할 수 있다"고 했습니다. 생의 수많은 인간관계 중 우리는 도반의 관계로 맺어진 존재이므로 진정 수행 길은 행복입니다.

삼인행중 필유아사(三人行中 必有我師)라고 세 사람이 길을 가도 그중에는 반드시 스승으로 삼을 분이 있다고 했는데, 수행이 깊은 도반끼리의 여행길에서는 모두가 스승임을 깨닫게 합니다. 도반들의 잘 영글은 수행의 결정체인 '아름다운 영혼'을 길 위에서 발견합니다.

리더십 있는 멋진 벗, 궂은일 마다하지 않는 희생과 봉사의 벗, 눈빛 맑은 지혜로운 벗, 조용히 미소 짓는 벗, 유머 넘치는 벗, 책임감 있고 묵직한 벗, 안전과 위생을 체크하는 벗, 외국어가 능통

한 벗, 단순하여 편한 벗, 사람 좋고 술 사랑하는 벗, 나라의 큰 리더(의원)했던 벗, 남을 배려하는 신사들….

도반의 눈빛에서 사랑을 읽습니다.

도반의 언행에서 슬기와 지혜를 배웁니다.

도반의 생각에서 밝고 깨끗한 영혼을 봅니다.

어느 선각자 말하기를 "봄이 되어 꽃이 피는 게 아니라, 꽃이 피니 봄이며, 즐거워서 웃는 게 아니라 웃다 보니 즐겁다"고 했습니다. 깨달음을 얻기 위해 수행하지 않고, 수행을 하니 저절로 깨달음이 찾아오는 것이랍니다. 깨닫겠다고 하는 목표도 욕심이라고 합니다. 도반은 사랑하고 존경스러운 깨달음의 동반자입니다.

도반은 '사(4)가지'가 없습니다.

1. 배신 없는 의리의 벗
2. 욕심 없는 봉사 희생의 벗
3. 거짓 없는 참 인격의 벗
4. 불평 없는 긍정의 벗

남국의 매화 향에 취합니다. 도반의 향기에 취합니다.

도반의 여행길은 아름다운 수행길이었습니다.

Mar. 10. 2009. 구주여행

등신

보통 무엇을 잘 모르거나 잘 못 하는 사람을 '등신'이라고 합니다. "이런 등신~~!" "등신 같은 놈~~!" 하고 경멸하기도 합니다. 바보를 등신이라고 합니다. 등신을 말하는 사람이나 듣는 사람 모두 나쁜 욕이라 생각합니다.

원래 등신은 바보를 뜻하는 게 아닙니다. 등신은 최상의 존칭인 '등신불(等身佛)'을 뜻합니다. "등신아~!" 하면 "부처님~" 하고 부르는 것입니다. 가장 단순한 마음을 가진 바보는 바로 등신입니다.

실제로 득도를 하고 크게 깨달은 스님은 살아 있는 부처라 하기도 합니다. 이 스님이 열반에 드실 때 자기 육신을 앉은 채로 그냥 내버려 두고 영혼만 훌쩍 빠져나가 버립니다. 이후 육신은 좌선한 채로 훼손(부패)되지 않고 그대로 있습니다. 바로 등신대(실제 크기)의 부처 즉 '등신불'입니다. 절에서는 여기에 금칠을 하여 '등신 금불'로 봉안합니다. 목불 석불 금동불상 등이 여러 가지 크기로 만들어서 봉안되는 것에 비해 등신불은 현존 시의 크기입니다.

고승 대덕 스님이 열반에 드실 때 등신불이 되었다고 전하며, 중국에는 여럿의 등신불이 현재까지 봉안되어 있다고 합니다.

그중에서도 신라 왕자로 중국 최고의 고승으로 존경받는 '김교각 스님'도 등신불 중의 하나로 지금도 안휘성의 구화산에서 '지장보살의 화신'으로 추앙받는답니다.

2015년 11월 18일(수) 서울신문에는 송나라의 '장공육전조사 (11세기 초)'의 등신불이 도난을 당해 유럽의 한 박물관에 소장되어 있는데 그 X-선 촬영 사진이 실렸습니다.(신문 사진 참조)

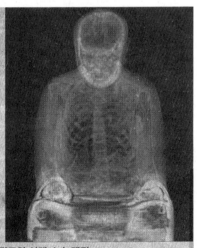

中 주민들 "도난당한 등신불 돌려 달라"… 네덜란드인 상대 소송 제기 중국 푸젠성 다텐현 양춘촌의 주민들이 최근 반환 소송을 낸 금박등신불(왼쪽)의 모습. 이 불상은 송나라 시대인 1090년쯤 신선 수련을 하던 도교 진인 '장공육전조사'가 앉은 채 입적했다는 마을 주민들의 전승 이야기가 엑스선 촬영(오른쪽)으로 확인됐다. 지난 3월 헝가리 자연사 박물관이 등신불을 전시하면서 도난당한 지 20년 만에 네덜란드인 오스카 반 오버림이 소장하고 있다는 사실이 밝혀졌다. 주민들은 중국과 네덜란드 변호사로 구성된 변호인단에 의뢰해 반환 소송을 냈다고 화신망이 17일 전했다. 중국 화신망 웹사이트 캡처

2015. 11. 18 (수) 서울신문

바보 등신들은 그 영혼이 이미 신과 합일되어 있다고 합니다. 그들은 항상 싱글벙글 웃고 무엇이나 긍정적입니다. 이들은 깨끗한 영혼으로 윤회의 마지막 생을 살고 있는 분들입니다. 그야말로 등신(等神 : 신과 같음)입니다. 우리의 바로 앞 세대인 부모님과 할머니께서는 윗동네의 바보 얼간이를 '등신님'이라 했습니다. 가장 온화한 미소와 사랑이 담긴 말투로 업신여기는 언행은 전혀 없었습니다. 조상님들의 고매한 의식과 인격, 자비심과 지혜가 참 그리워집니다. 어쩌다가 오늘날 많은 지도자들 마음속에 마귀가 창궐하여 온갖 욕설이 난무하며, 민심은 황폐해지고, 휴머니즘은 땅바닥에 내동댕이쳐지고, 악이 선과 사랑에 도전장을 내고, 등신이라는 존칭이 욕으로 둔갑해 버렸으니 참으로 조상님들께 면목이 없습니다.

자! 의식정화와 인간성 회복을 위하여 명상합시다. 돈에 멱살 잡혀 시달리고 권력에 밟히며 살아온 '등신 같은 인생'도 돌이켜보면 다 수행의 밑거름이 되었으니 '생의 찬미감'이 아니겠습니까? 사실 '모자람(등신)'이 우리의 영혼을 더 성숙(깨끗)하게 키운 것입니다.

Apr. 10.

리더 예찬

선각자 가라사대 "리더(Leader)는 리더를 낳고, 보스(Boss)는 추종자(Follower)만 만든다." 했습니다. 리더는 사랑을 주고 보스는 겁을 줍니다.

- Leader는 아름다운 영혼의 소유자입니다.
- Leader는 모두의 이익을 먼저 생각하며, 절제와 배려로써 차례를 기다립니다.
- Leader는 권위를 내세우지 않으며, 자기주장을 절제하며, 교언(巧言)으로 유혹하지 아니하며, 오로지 침묵의 경청과 솔선수범을 실천합니다.
- Leader는 강자에겐 강하나 약자에겐 한없이 자신을 낮춥니다.
- Leader는 타의 장점만 보며 남의 결점은 캐지 아니합니다.
- Leader는 우월감을 갖지 않으며, 겸손하며, 세속적 명성이나 부에는 관심이 없습니다.
- Leader는 정보를 독식하지 않으며 정보공유로써 모두의 아

이디어를 도출합니다.

- Leader는 모두를 사랑하므로 모든 이가 따르며 마음으로 추앙합니다.

- Leader는 사람들에게 희망을 줍니다.

- 그리고 Leader는 국가의 위기에 자신을 던집니다. : 견리사의(見利思義) 견위수명(見危授命) - 공자의 제자 자로가 내세운 말 (안중근 의사 휘호)

LEADERSHIP(리더십)의 글자구조를 분해하여 봅시다.

L : Love(사랑)   E : Education & Experience(교육, 경험)

A : Adaptability(적응력, 수용력)   D : Decisiveness(결정력)

E : Endurance(인내력)   R : Responsibility(책임감)

S : Sacrifice&Sincere(희생과 진실성)   H : Harmonize(화합과 조화)

I : Intellectual capacity(다양한 지식)   P : Persuasiveness(설득력)

리더란 이처럼 10가지 인격을 고루 갖춘 사람입니다. 리더십이란 권력이 아니라 '영적인 힘'을 말하며 상위차원의 예지(叡智)입니다.

선거철이라, 벼슬길에 오른 많은 이들의 얼굴이 동네마다 담벼락 혹은 공중에 걸려 아래로 지나가는 투표기(?)들을 묘한 미소(?)를 짓고 내려다봅니다. "내가 바로 그 리더요!" 하면서…

참 리더는 심신을 황폐시키는 벼슬 다툼 판에는 나가지 않는답니다.

"대부분 인간은 닭 볏만 머리에 씌워 주어도 순식간에 보스 (Boss)로 돌변하여 민폐를 끼친다"는 만고의 진리를 리더는 이미 알고 있기 때문입니다.

어떤 지휘관이 대원들에게 "저 고지를 탈환하라!"고 명령했다. 대원들이 가까스로 고지를 점령했으나 아무것도 없었다.

지휘관 : "어!? 이 산이 아닌 개벼? 저 쪽이닷! 저 산을 공격하라!"

대원들은 죽을 둥 살 둥 그 산도 점령했으나 텅텅 비었다.

지휘관 : "여기도 아니네!? 아까 그 산인감!?"

대원 1 : "와~! 졸도하겠네!~"

대원 2 : "으아~! 미쳐부러~"

이런 사람이 당선될까 봐 걱정되네요.

인생 후반전은 '영혼적 리더'의 수행 길이어야 한답니다. 알렉산더의 칼도 벌거벗은 디오게네스(Diogenes) 같은 영혼적 리더 앞에서는 무용지물이었답니다.

마음 1

'마음(心)'이 무엇일까요?

국어사전에는 마음을 '사람의 몸에 깃들여서 지식, 감정, 의지 등의 정신활동을 하는 것 또는 그 바탕이 되는 것'이라고 풀이했습니다. 헷갈리지요? 어떤 선각자는 '마음이라 함은 개개인의 주인인 나, 즉 신성한 영혼의 창조적 표현방법으로서 사람의 뇌에 작용하는 힘이다'라고 정의했습니다. 이 정의도 마음 자체가 무엇인가에 대한 답이라기보다는 마음의 작용에 대하여 설명했네요. 마음이 뭔지 어렵습니다. 어떤 이는 "내 마음 나도 몰라"라고 노래했고 엄정행 씨도 "내 마음은 호수요, 촛불이요, 나그네요"라고 노래했지만 결국 마음의 활동만 표현했습니다.

여기서 여러 선각자들의 마음에 대한 정의를 한번 봅시다.

- 인간영혼의 구제를 위한 수행의 수단(도구 방편)으로 조물주가
  준 물건(?)이다.
- 영혼(의식체)의 창조적 표현방법이다.
- 영혼이 자기 뜻을 표현하는 에너지이다.

- 영혼이다.(마음작용을 영혼이 결정하므로 동격으로 봄)

- 혼의 중핵부분(中核部分)이다.(일본 영지도자)

- 뇌에 작용하는 에너지이다.(생각을 생산하므로)

- 생각(念 : 염), 즉 정신파동(상념의 파동)을 일으키는 본체(주체＝본부)

  다.(일본 영지도자)

모두 상당한 경지에 도달한 분들의 정의임에도 너무나 함축되고 비약된 표현이므로 일반인에게는 이해가 어렵습니다. 여기서 여러 선각자들이 설명한 영혼과 마음과 생각의 관계를 아래와 같이 그래픽으로 표시해 볼 수 있겠습니다.

마음이란 무엇인가?

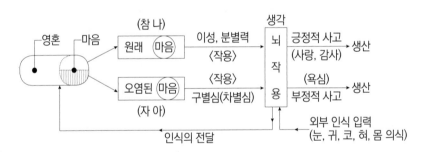

* 영혼(의식체) ; 조물주의 분신, 생명력(영생), 위치 : 송과선
* 마음(본래마음) ; 의식체에 장착된 SOFT-WARE(창조시 인간구제수단)

마음은 "조물주가 인간의 영혼 속에 장착시켜준 장치(Soft-ware)이며, 그 목적은 인간구제(영혼의 구제)에 있다"라고 감히 정의하고 싶습니다. 즉 마음은 인간영혼의 타락에 따른 구제(회복)방안이라

할 수 있습니다.

본래마음(순수마음=참마음=신의 마음)

조물주가 각 영혼에 심어 준 최초의 마음이 본래 마음입니다. 여기에는 이성(Rationality : 理性)이라는 소프트 웨어가 장착되어 있으며 이것은 분별력(分別力 : Classification)입니다. 옳고 그름 진리와 비진리를 판별하는 능력입니다(차별심, 또는 구별심과 다름). 본래 마음은 욕심이라는 차별심이 들어오기전의 순수하고 긍정적이므로 어린이 마음입니다.

마음의 작용과 오염

사람 몸의 인지기능을 육근(六根 ; 眼耳鼻舌身意=안이비설신의)이라 합니다. 우리가 보고, 듣고, 냄새 맡고, 맛을 보고, 접촉하고, 머리로 인지할 때, 그 대상이 인지됨과 거의 동시에 감정적인 것이 나타나는데 이것이 마음의 인식입니다. 눈이 물체를 보고 "저기 저런 물건이 있구나" 하고 끝나버리는 것이 아니고 그 물건이 좋고 나쁘다는 감정이 함께 나타납니다. 여기서 좋고 나쁨은 그 물체의 본질이 아니고 사람 마음이 만든 구별심(區別心=差別心)인데, 눈은 그냥 렌즈(사진기) 역할만 했고 구별심(마음)이 본 것이 되어버립니다. 이것을 "눈이 본 게 아니고 마음(구별심)이 본다"고 말합니다. 이 마음(구별심)의 새치기 때문에 "눈이 백개라도 마음(구별심)에 없는 현상은 보지 않는다(보지를 못한다)"라고 하는 것입니다. 결국 물체의 본성은 보지 못하고 좋고 나쁨만 구별해버립니다. 이 구별심이 뇌를 사용하여 염(念)을 만드니 '본질이 아닌 생각'이 생산될 수밖에 없습니다. 이 구별심이 바로 '마음의 오염(얼룩)'입니다. 마음은 영혼 속에 장착되어 있으니 '영혼의 오염'이라 하기도 합니다. 이 오염된 마음이 수행(깨달음)의 길에 태클을 거는 방해꾼입니다.

인간은 커가며 점점 현재의식에 빠지고 사람 간의 많은 접촉으로 구별심이 생기고 이것이 욕심으로 되니 이를 충족치 못해 한평생을 괴롭게 살아가는 것입니다. 구별심으로 오염된 사람들은 큰 것 좋은 것만 가지려는 욕망(욕심)이 생겼습니다. 이 물질의 욕구는 쉽게 채워지는 것이 아니므로 가진 자를 보니 괴롭습니다. 고뇌가 생깁니다. 사고팔고 십이고(四苦八苦 十二苦)입니다. 욕심은 가진 자에 대한 못 가진 자의 비교의식이므로 열등의식입니다.

마음(의식)의 오염(삼독과 육번뇌)

불가에서는 의식(의식체=영혼=마음)의 오염 원인을 삼독과 육번뇌로 봅니다.

삼독(三毒)은 인간이 악업(惡業)을 짓는 원인 중 마음(意)이 만드는 업인 탐, 진, 치이며, 육번뇌는 여기에 만, 의, 악견을 더한 것입니다. 탐(貪=耽)은 남의 것을 욕심내는 마음이고, 진(瞋=嗔)은 미워하고 성냄이며, 치(癡)는 무지로서 진리를 믿지 않음이며, 만(慢)은 교만한 마음, 의(疑)는 의심하는 마음이며, 악견(惡見)은 잘못된 견해를 말합니다. 따라서 육번뇌는 가짜 마음이며 오염된 마음으로 순수마음(본래 마음)을 덮어버립니다.

　오염된 마음 즉 오염된 영혼은 실재계(천국, 극락)에 들어가지 못한다고 합니다. 신은 인간에게 순수마음을 유지하거나 오염된 마음으로 살거나 "네 마음대로 하라"는 자유의지를 주었답니다. 여기서 "네 마음대로 하되 책임을 져라"라고 못을 박았습니다. "천국 문은 열려 있으니 못 들어오는 것은 네 책임이다!"입니다.

마음의 특성(오염된 마음)

1. 자유롭다 : 통제가 어렵다(자유의지). 마음을 통제할 수 있는 것은 이성뿐이다. 억압으로 육신은 통제할 수 있으나 마음은 통제할 수 없다.

2. 날 뛴다 : 일념삼천(一念三千)이다. 마음의 생각 바늘은 온종일 움직인다.

3. 변덕이 죽 끓듯 한다 : 변화무쌍하다.

4. 스스로 희비애락 애오욕을 만들어 낸다.

5. 긍정보다는 부정적 마음작용이 더 많다.

마음을 다스리면 득도입니다.

　무산 큰스님 가라사대 "제 아무리 바위를 들었다 놓았다 하는 천하장사라 캐도(어쩌면 겨자씨 보다 더 작을) 제 마음 하나는 들었다 놓았다 못 한다 카이!"

마음(생각)의 창조력

의식체(영혼)가 마음이라는 소프트 웨어(Soft-ware)를 뇌에 작용시켜 생산한 물건이 '생각'입니다. 개인의 영혼이 신(조물주)의 분광(신성)이니 자연히 이 분광도 창조력이 있습니다. 그래서 '마음'을 '개인의 창조력의 표현'이라고도 합니다. 우리가 '마음먹기에 달렸다' 또는 '생각대로 이루어진다'는 말의 뜻은 마음이라는 놈이 인간의 정신, 육체 나아가서 우주에 큰 영향력을 발휘할 수 있다는 의미입니다. 마음의 창조력은 아래 다이아그램처럼 표시할 수 있습니다.

마음의 창조력

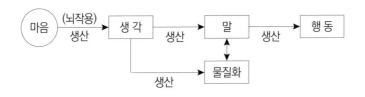

* 미운 생각 생산 시 육신의 병마원인(물질화)

창조의 원칙

1. 생각을 하지 않았는데 어떤 일이 일어나는 일은 절대 없다.
2. 마음속에 생각하는 대로 되느니라.(마음의 생각이 어떠하면 그 위인도 그러한 즉 : 잠언23-7)
3. 과거의 생각이 그의 현재를 결정한다.(법구경)

4. 미워하는 상대보다 내가 먼저 해를 입는다.(내 마음이 먼저 오염되므로.)

* 선각자들이 들려주는 진리 : 남을 원망하는 에너지(염파)가 그 상대에게 받아들여지지 않을 경우, 그 부정적 염파는 고스란히 나에게로 돌아와 버린다. 결과 나에게 화가 발생되어 나 영혼의 퇴보(오염)만 초래한다. 반대로 내가 어떤 사람을 좋아하고 칭찬했는데 그쪽에서 받아들이지 않으면(일 방향 긍정적 마음), 그 긍정적 에너지는 그대로 나에게로 돌아와 내 영혼의 빛은 점점 밝아진다.

욕심(욕망=열등의식)의 창조력

욕심의 창조력 (진화)

욕심은 '오염된 마음'의 대표선수입니다. 영혼 파괴의 원흉입니다. 신의 세계로 돌아가고자 하는 '삶의 목적' 달성을 방해합니다. 욕심은 화를 만들어 결국 죽음에 이르게 합니다.

마음과 육신과의 관계

"마음이 육체를 지배한다"고 합니다. 우리 육체의 상당량의 병은 '마음에서 근원'되는데 정신적 스트레스와 억압된 생각(자연스럽지 못한)의 생산, 특히 부정적이고 파괴적인 생각의 생산(창조)이 병(病)의 원인이 된다고 합니다. 또 "모든 문제(육신의 병과 사고 등)의 근원(根源 : 배경)에는 악업(惡業)이 있다"고 합니다.

마음이 만들어내는 생각은 자력에너지를 통해 신체 각 부위로 전해지고 이것들이 오랫동안 축적되어 병을 야기시키는데 죽은 세포 부위에 억압된 감정 - 증오, 두려움, 분노, 슬픔 등 - 부정적 감정이 달라붙어 쌓이게 되어 변이가 되고 나아가 암의 원인이 되기도 한답니다. 실제로 편케 살던 사람이 주위 사람에 의해 자신에게 닥친 정신적 고난 때문에 발병을 하는 경우도 있다고 합니다. 이런 경우 그가 증오하고 분노하고 미워하던 대상(원인 제공자)은 멀쩡한데도 본인만 파멸되는데, 미움, 분노가 자신에게 얼마나 치명적인가를 알 수 있습니다. 고로 육신의 병도 '생각의 물질화 현상'이라는 것과 마음이 육체조직의 형성 내지 변화를 발생시키는 창조력이 가졌다는 것은 자명한 것입니다.

우명 선생님은 "아픈 자가 나아지는 것은 그 마음에 가짜(오염된 마음 : 욕심)가 나가고 진짜마음(참 마음)이 찰 때이다"라고 말씀했습니다.

마음 비우기(마음 버리기)

티벳 불교에서는 오염된 마음(구별심)을 '제한된 생각으로 얼룩진 면(마음)'이라고 표현합니다. 마음에 얼룩은 끼었으나 그 속의 본성(신의 마음)은 변하지 않고 있다는 것입니다. 마음 버리기는 오염된 마음을 제거하는 일입니다. 오염된 마음을 씻어 내면 그 속에는 본래 마음(신의 마음)만 남습니다. 이것이 참 마음(참나 : 眞我)입니다. 오염된 나(마음)를 버린 것이 무심(無心)입니다. 무심은 공(空)의 상태입니다. 이것이 깨달음의 경지입니다.

마음에 낀 얼룩의 주범은 '욕심'입니다. 이놈은 워낙 두꺼워 그리 쉽게 벗겨지지 않습니다. 그러나 계속 지우면(수행) 지워지겠지요?

한 제자가 "스승님! 어떻게 하면 천당(극락)에 갑니까?" 물으니 "이놈아! 내가 그 천당 가려는 욕심 버리는데 평생 걸렸다!"라고 했답니다. 천국 가겠다는 마음도 욕심이랍니다.

얼이 다 지워진(얼이 간 : go-out) 사람이 곧 '얼간이'입니다. 얼간이는 하늘이 견본(sample)으로 보낸 마음을 비운 사람입니다. 허나 사람들은 제가 얼간이 보다 낫다고 제법 껍죽대지요.

님네들! 세상살이는 아프고 괴로움의 연속입니다. 부정적인 마음이 가동되는 순간 즉시 평온을 유지하고 이를 제거하는 노력이 수행 아니겠습니까?

"도(道)란 구함이 아니고 버리는 것이다"라 했습니다. 예수님은 욕심뿐 아니라 육신까지도 기꺼이 버림으로써 인류에게 버림의 시범을 보였습니다.

금강경 화엄경을 비롯한 팔만대장경 전체가 이 마음 버리는 이야기라 할 수 있겠습니다.

옹졸하게 쓰면 바늘구멍보다 작고, 크게 먹으면 우주를 담고도 남는 게 마음이라 했습니다. 마음 중에 최고는 '양심'입니다.

July. 10. 2012.

마하摩訶 이야기

  마하(Maha)는 범어(산스크리트어)로 초월(超越)을 뜻합니다. 또 위대함, 불가사의함의 뜻으로서 '마하카샤파'는 가섭존자를 '마하트마 간디' 하면 위대한 영혼(아트마 : 힌두교) 간디를 칭하며, 모두 영적 깨달음을 의미합니다. 마하(摩訶)는 범어로 된 불경이 구마라지바에 의하여 한자로 음역 된 것이며 마하반야바라밀다심경(摩訶般若波羅蜜多心經)의 마하반야(maha prajna)는 초월지혜(超越智慧), 궁극의 지혜를 뜻하는 것이며 이것을 득함으로써 깨달음의 세계에 들어 초월적 존재가 되는 것입니다.

  항공기의 음속 돌파 단위로 마하(mach : 독일)를 씁니다. 마하반야는 시공 초월이며 시간 초월은 빛의 속도(30만㎞/sec)를 초월하는 것인데 항공공학에서 겨우 음속(340m/sec)을 넘었다고 마하를 갖다 붙인 것이 좀 재미있지요. 마하(摩訶 : maha)는 물리적 속도 개념과는 다른 차원입니다.
  광속을 초월하면 무상(無常)으로부터 해방된 그야말로 극락

(heavenly zone) 그 자체라고 합니다. 크리슈나무르티는 "그곳은 영혼의 세계이며 신 의식 즉 초월의식의 경지다"라 했습니다. 과학자들은 타키온이라는 광속초월 입자를 가정은 했고 아인슈타인도 빛의 속도에 가까이 가면 공간 압축과 시간 지연이 된다까지만 논했습니다. 즉 물리적 광속초월은 불가능한 것입니다. 인류 과학이 뭘 좀 안다고 껍죽대봐야 신(神)은 광속초월을 허용하지 않았다는 것입니다. 색즉시공의 색(色)은 빛입니다. 또 물질이라는 뜻도 있습니다. 빛이 있으매 물질이 나타납니다(보입니다). 색은 참 심오한 글자입니다.

그런데 신은 묘하게도 엉뚱한 방법으로 인간에게 광속초월을 허용했습니다. 그것은 영적 방법인 마하반야 즉 초월지혜이며 지혜의 완성인 깨달음인데, 누구에게나 공평하게 깨달음을 이룰 수 있는 챈스(chance)를 주었습니다.

마하반야를 이루기 위해서는 많은 수행으로 모든 것이 공(空)이라는 무실체성의 진리를 깨달아 도일체고액(度一切苦厄) 하는 지혜 즉 '시공을 초월'한 경지인 열반(涅槃=Nirvana)에 도달하는 것입니다.

법정 님은 "마하반야(지혜의 완성)는 반야행(般若行 : 지혜의 실천 : 무욕의 경지에서 참 나를 발견)으로써 이루고 깨달음의 목적은 중생의 구제에 있으므로 해탈은 곧 자비(慈悲)의 실천으로써 이룩된다"고 했습니다. 여기서 '열반(涅槃 : Nirvana)=초월지혜＋자비의 완성'이라는 공식이 성립됩니다. 마하반야와 함께 자비가 깨달음에 이르는 필수 조건입니다. 모든 종교에서 사랑(자비)을 부르짖는 이유입니다. 이웃 구제가 나의 해탈수단이라는 것입니다.

우리는 이 공식을 이용하여 빛이 된(빛의 속도를 초월한) 많은 성인을 보고 들었습니다.

오쇼 라즈니쉬는 "한 사람의 깨달음만으로도 동시대 인류 전체의 의식이 상승된다"고 했습니다. 자 모두 광속초월에 매진합시다.

Sep. 15. 2009.

오온五蘊 이야기

반야심경(般若心經)에 오온개공도일체고액(五蘊皆空度一切苦厄)이 있습니다. 이것은 "오온이 공이라는 것을 꿰뚫어 보고 모든 고액으로부터 벗어났다."는 뜻입니다.(이경숙 씨는 그의 책 『마음의 여행』에서 조금 달리 해석하기도 했습니다만) 어쨌든 오온(五蘊)은 색(色), 수(受), 상(想), 행(行), 식(識)입니다.

오온(五蘊)은 설명이 어렵습니다. 그래서 여기 도반님들의 이해를 돕기 위해 어느 선각자의 풀이(설명)를 소개합니다.

색(色)은 물질(Material)이다. 색즉시공(色卽是空)이므로 에너지(Energy)이기도 하다. 이것은 우주의 빅뱅(Big-Bang) 이전부터 존재했다고 하며 물체를 구성하는 물질적 요소의 총체이며, 세포나 구성 원소, 그리고 완성된 전체상을 모두 포함한다.

수(受)는 정보(Information)다. 색(色)이 외부로부터 받아들이는 모든 유형의 작용(Action)이다. 곧 연(緣)이며, 인체(人體)의 경우 안(眼), 이(耳), 비(鼻), 설(舌), 신(身), 의(意)의 6근(六根)이 하는 작용을 말한다.

색(色)은 외부의 수(受)와 작용을 일으킴으로써 그 존재를 드러낸다. 고로 물질(物質)은 色+受이며, 색(色 : 물질, 에너지), 수(受 : 정보, 외력)의 합(合), 즉 인(因)과 연(緣)이 결합해야만 어떤 물체가 나타난다는 것이다.

상(想)은 반응(Re-action)이다. 수(受)로 인한 색(色)의 반응(물)이다. 물질의 반응이 상(想)으로 나타날 때 그것이 생명(生命)이 된다. 생명이란 色+受+想의 결합체이며 미생물이나 식물이 여기에 해당된다.

행(行)은 행위(Performance)이다. 상(想)에 의하여 행(行)이 발생한다. 色+受+想에다 행(行)이 더해져 동물이 된다.

식(識)은 분별(Distinction 또는 Classification)이다. 즉 분별력(Sense) 또는 의식(Consciousness)을 말한다. 동물, 즉 色+受+想+行에 식(識)이 더해진 생명이 바로 인간(Human-Being)이다. 오온 중에서 독보적인 존재이다.

여기서 行은 想에 따라, 想은 受를 받아서, 受는 色이 있음으로써 필연적으로 나타나지만 識은 行으로부터 나오지 않으며, 오히려 行을 일으키는 想의 내용을 검정하고 그 타당성을 판단하여 여러 想의 우선순위를 자의(自意)로 정하여 그 想이 일으키는 行을 제어하고 통제하는 능력을 가지고 있다. 이것은 물질(物質)에서-(최초의) 생명체(生命體)로-동물(動物)로의 발달 과정은 순차적이지만, 동물(動物)에서-인간(人間)으로의 발전은 전혀 다른 차원의 도약임을 알게 해주는 중요한 개념이다.

위 설명은 빅뱅 이후 양성자와 전자가 만나 수소 원자가 만들어졌고 헬륨의 과정을 거쳐 핵융합(色과 受의 반응)에 따라 만물과 우주가 생성되었다는 오늘날 과학자들의 설명과 흡사하다고 할 수 있겠습니다.

우리는 위의 글 중 '동물에서 인간으로의 발전은 전혀 다른 차원의 도약임'에 주목할 수 있습니다. 이것은 진화를 뛰어넘는 전혀 다른 메커니즘에 의해 인간이 출현했음을 의미하는 것 아닐까요? 창조 말입니다.

우리가 존재함은 인과 연의 작용 결과입니다. 상대성입니다. 너가 있음에 내가 있는 원리이며 그리고 식(識)이 있으므로 인간입니다.

어떤 사람은 오온(五蘊)을 조물주의 3차원 세계의 창조 원리를 설명한 것이라 하고, 또 다른 사람들은 진화 과정을 설명한 것이라고도 하는데, 이것을 이유로 일부 과학자는 불교가 진화론을 주장한다고 말합니다만, 그러나 정작 불자들은 이런 진화니 창조니 하는 것에는 비록 알고 있을지라도 입도 떼지 않고 초연합니다.

결국 오온개공(五蘊皆空), 즉 오온이 공이라는 사실을 알고 일체고액(一切苦厄)으로부터 벗어났다 이므로, 일단 깨달음에 도달하면 진화다 창조다 하는 것을 저절로 알게 될 것이니 쓸데없는 공론은 피하는 게 좋겠습니다. 실제로 3차원에서 보이는 모든 것은 실재 계가 반사된 허상인 것입니다. 없는 것(無)입니다.

* 진리 하나

불지 않으면 바람이 아니요, 가지 않으면 세월이 아니요, 늙지 않으면 사람이 아니라고 했습니다. 여기 법정 님의 노래하나 소개합니다.

五蘊(오온)이 공(空)이니, 나 또한 空이다.

내가 空이니, 구하고자 하는 모든 것이 空이다.

구할 것이 없으니, 집착(執着)이 없다.

執着이 없으니, 고액(苦厄)이 없다.

욕심慾心 - 결핍증缺乏症

 3차원의 인간 세상이 욕계(慾界)입니다. 여기는 인간의식(영혼)의 상태에 따라 지옥도에서 천상도까지 6도(途)로 분류합니다(3계와 6도 참조). 도(途)는 의식(영혼)의 수준입니다. 욕계는 욕심이 아귀, 짐승 같은 사람에서부터 거의 욕심이 없는 사람까지 섞여서 살고 있습니다. 의식의 확장(수행)으로 색계(色界)와 무색계(無色界)를 거쳐 영계(靈界)까지 도달하는 것이 득도입니다. 득도에 가는 일은 욕심을 철거하는 공사입니다.

 욕심은 끝이 없습니다. 인간의 기본 욕구를 제외한 모든 가지고 싶은 마음이 욕심입니다. 욕심은 구별심으로부터 나왔습니다. 욕심은 상대적 열등감이 만든 것입니다. '남이 가진 것을 나도 가지고 싶은 것'입니다. 부자는 더 큰 부자 때문에 만족하지 못합니다. 욕심이 강하게 발전하면 욕망이 되고 부당한 방법으로 취하려 하면 탐욕이 됩니다. 끝없는 욕심, 탐내는 버릇이 결핍증(缺乏症)입니다. 오늘날의 많은 사람이 이 병에 걸려있습니다.

이 병은 마귀(Jinn)의 장난입니다. 재화(돈)의 파트너(Partner)는 마귀입니다. 이 관계는 인간 영혼 구제(구원)를 위한 오묘한 신의 계획이라고 합니다. "낙타가 바늘귀로 들어가는 것이 부자가 하나님 나라에 들어가는 것보다 더 쉬우니라!(마:19-24)"는 천국 가는 공사는 가난한 사람이 더 유리하다는 것입니다.

결핍증은 만족을 못 하게 하는 마귀이므로 채우지 못함에 늘 허기집니다. 허기지므로 스스로 불행합니다. 불행하다고 생각하니 베풀지를 못합니다. 그러니 마음의 오염인 욕(欲)을 떨쳐낼 수 없어 천국(깨달음)은 멀고도 멉니다. 결핍증의 특징은 내가 못 가진 것을 가진 사람을 보면 무척 괴롭습니다. 또 이 병은 항상 '내가 뭘 좀 가지고 난 후'에 발병합니다.

마귀는 끊임없이 인간이 결핍증을 유지하도록 종용합니다. 자기의 주 업무이니까요. 결핍증에서 탈출하지 못하면 우리는 '제법 가진 것'(하루에 세 끼씩이나 먹을 수 있는 행운)의 기쁨을 누릴 수가 없습니다. 결국, 하늘이 준 마음의 평화와 자유를 누릴 수 없습니다.

지족천(知足天)이라 '만족이 바로 천국'이라고 했습니다. 욕심의 극복은 '삶의 형태'를 바꾸는 것으로 가능하답니다. 여기 어느 목사님의 '삶의 형태 바꾸는 방법'을 소개합니다.

머리로 사는 삶	→	가슴으로 사는 삶
긴장된 삶	·················	여유로운 삶
따지는 삶	·················	이해하는 삶
질러가는 삶	·················	돌아가는 삶
말을 하는 삶	·················	침묵하는 삶
더하기 곱하기 하는 삶	·················	나누기 하는 삶
성공만 생각하는 삶	·················	사랑만 생각하는 삶
억압된 삶	→	자유로운 삶

우리의 어린 시절 젊은 시절은 너무나 물질이 결핍했던 시절이었습니다. 그러나 그때 우리는 아무런 결핍을 느끼지 못했습니다. 오늘날 결핍은 비교하는 것에서 생긴 것입니다. 나의 그릇을 생각하면 모든 게 만족입니다.

"예?! 마귀와 파트너도 좋으니 부자 한번 되어보고 싶다구요?"

"에이~~! 순간적으로 수행자라는 사실을 잊으셨군요!"

Sep. 10.

유아독존唯我獨尊 이야기

'천상천하 유아독존(天上天下 唯我獨尊)!' 석가모니 부처님의 말씀입니다. 물론 '구마라지바'에 의해 범어가 한자로 번역된 것입니다.

그런데 많은 사람이 유아독존(唯我獨尊)을 '혼자만 잘난체하는 것'이라고 잘 못 알고 있습니다. 심지어 박사들이 감수한 국어사전이나 옥편에서조차 이렇게 풀이되어 있습니다. 唯我獨尊(유아독존)을 有我獨存으로 썼을 때는 그렇게 해석되겠지만 실제는 그 반대의 뜻입니다.

여기서 유(唯)를 오직(Only)으로 존(尊)을 存(있다)으로 해석해버린 결과입니다.

실제로 唯는 하나의(Each) 또는 개인의(personally)로 해석해야 합니다. 아(我)는 나와 너 총칭입니다. 즉 유아(唯我)는 우주혼(天上天下: 이승에 살고 있든 천상에 살고 있든) 안에서의 '하나의 영혼인 나'이며, 독존(獨尊)은 그 하나하나 각각이 존경받아야 된다는 뜻입니다.

기독교에서도 개개인의 영혼 하나하나가 하나님의 분신임을 강조합니다. 고로 유아독존은 '우주에 하나밖에 없는 나 자신의

영혼이 중요한 만큼 또한 다른 사람의 영혼도 중요하다(존중한다)'
라는 뜻입니다. 지위고하 선인 악인을 막론하고 모두의 근본(자성)
은 성스럽다는 야그 아니겠습니까? 부처님 자신뿐 아니라 모든
사람이 유아독존이라는 것입니다.

　도산 선생님의 애기애타(愛己愛他) 또한 나를 사랑하고 남도 사랑
하라는 뜻으로 같은 유아독존입니다.

　각 개인은 그 사람만의(누구도 대신할 수 없는) 사명을 받고 이 세상
에 태어났다고 합니다. 그 개개인의 사명은 바로 '잘 익은 영혼을
만드는 일'입니다. 그 일은 누구의 도움 없이 스스로 자신의 방법
으로만 수행(修行)해야 한답니다. 우리 모두는 반드시 하늘로 돌아
가야만 되니까요. 인내천(人乃天), 즉 사람이 곧 하늘이니까요.

　유아독존은 타인에 대한 신뢰와 개개인을 존중하는 정신입니
다. 모든 종교에서 외치는 '자비와 사랑(Love)'입니다.

　오늘 일터와 지하철에서 만나는 한 사람 한 사람이 모두 하나
님이고 부처님입니다. 못났다고 멸시하고 없다고 경시하는 것은
곧 하늘을 경시 멸시하는 결과가 됩니다. 이런 짓은 영혼파멸의
지름길입니다. 톨스토이는 "사람은 사랑으로 산다"고 했습니다.
우주의 본성이 사랑입니다.

Aug. 10. oh.

종교는 하나 1

"종교의 최종 목적지(Destination)는 하나이다." 요즘 이렇게 말하는 사람은 간뎅이가 부은 사람이라는 소리를 듣습니다. 두 사람 이상 모이면 종교 이야기와 정치 이야기는 하지 말라고 했습니다. 이런 이야기는 반드시 사람들 간에 시비를 만들어 내고, 편을 가르기 때문입니다. 그럼에도 감히 종교 이야기를 한다는 것은 인생을 살 만큼 살아서 북망산이 저만큼에 보이는 까닭일 것입니다.

인류 역사에 나타난 전쟁의 많은 부분이 종교전쟁이었다고 합니다. 역사학자들의 글에는 종교전쟁의 원인, 이유, 목적, 규모, 결과 등이 잘 분석되어 있습니다. 모든 전쟁이 그렇듯이 종교전쟁 또한 인류의 정신과 문명의 파괴만 초래했습니다. 만물의 영장이며 오직 사람에게만 있다는 의식(意識)을 가진 인간들이 종교 문제로 전쟁을 한다는 것이 이해가 되지 않습니다. 평화를 부르짖는 종교가 도리어 사람의 목숨을 죽음으로 몰아넣는 결과를 만들고 있습니다. 이 참담한 결과를 낳는 원인은 종교지도자의 무지(無智)와 무명(無明)에 있다고 하겠습니다. 일부 종교지도자의 타종교를 인정하지 않는 낮은 의식 때문에 애꿎은 사람들이 선동당하고 세뇌되어 죽음으로 몰립니다. 결국, 종교전쟁은 파괴와 인류의식의 퇴보만 초래할 뿐입니다.

건설공사로 중동에 가면 거기 사람들이 당신은 무슨 종교를 믿느냐고 묻습니다. 종교가 없다고 하면 바로 이슬람을 권합니다. 다른 종교가 있다고 하면 "오우! 좋은 종교를 가졌군요." 하면서 이슬람으로 바꾸라고 권합니다. 이들은 적극적인 포교는 하지만 타 종교는 인정합니다. 그러나 타 종교나 다른 종파에서 자기 종교를 간섭했을 때는 참지를 못합니다.

기독교에서는 종교 다원주의(모든 종교의 목적지는 한곳이다)를 받아들이지 못합니다. 성경에 믿음(세례)과 동시에 구원을 받은 것으로 되어 있어 우리가 하나님을 찾아 고생하는 게 아니고 하나님이 우리를 찾아오는 것이므로 타 종교와는 다르다는 것입니다. 이 사실은 옳으며 타 종교에서도 인정하고 있습니다.

이스라엘과 팔레스타인 간의 싸움은 타 종교를 인정치 않아서가 아니고 땅따먹기 싸움입니다.

불교는 타 종교를 인정하며, 자기 종교에 간섭을 해도 들은 척도 안 합니다.

조물주는 한 분입니다. 기독교의 하나(느)님(GOD)입니다. 이슬람의 알라(Allah)도 같은 분입니다. 구약은 기독교와 이슬람이 똑같습니다. 그런데도 기독교는 이슬람국가에 선교를 갑니다. 이때 큰 문제가 발생합니다. 불교의 최고신은 원초불(비로자나 : 법신불)입니다. 조물주인 하나님과 같은 분입니다. 석가모니불은 아디 붓다라고 하며 제6 원소인 마음을 상징합니다. 힌두의 최고신도 얼굴은 셋(창조, 보존, 파괴)이지만 한 분인 조물주입니다. 노자께서도 "창조주가 있는데 나는 그 이름을 모르겠다"고 했습니다. 그 시절에 하나님이니 창조주니 했다가는 목숨을 부지할 수 없었겠지요. 이렇듯 같은 신을 가지고 서로 제 것이라고 같은 내용 다른 이름의 종교끼리 서로 싸우고 있는 것입니다. 하느님을 공동으로 가지면 해결될 텐데 하느님을 통째로 혼자 가지려 하니 '성전'이라는 이름의 전쟁이 납니다.

모두 각자의 신이 진짜라 했으니 진짜는 하나뿐임이 저절로 증명되었습니다.

이러니 자기가 믿는 신만이 유일신이고 타 종교의 신을 가짜라고 한다면 듣는 창조주 입장에서는 실로 답답해서 속이 터질 지경일 것입니다.

결국, 종교 갈등은 신이 아니고 3차원의 인간인 종교지도자가 각 종교를 이끌기 때문입니다. 인간이므로 오해와 편견으로 추종자를 지도하기 때문입니다.

그렇지만 모든 선각자는 '창조주는 하나다'라는 사실을 이미 알고 있었으며 '모든 종교의 목적지는 하나'인 것을 깨닫고 있었음이 분명합니다. 다음은 그 선각자들의 말씀입니다.

마하트마 간디께서는 "모든 종교는 한 장소(목적지 : Destination ; 천국)로 모여드는 각각 다른 길이다. 모두가 같은 목적지에 도달할진대 따로따로의 길을 간다고 해서 달리 생각할 필요가 없다. 종교는 인간의 수만큼 많이 존재할 수도 있으며 자기 종교의 진수를 이해한 사람은 자연히 타 종교의 진수도 이해할 수 있다. 여러 종교가 존재하는 한 어떤 종교건 간에 그 나름대로 독자적인 상징이 필요하다. 그러나 그 상징이 맹목적인 숭배물이거나 다른 종교에 대해 우월성을 증명하는 연장으로 쓰인다면 그것은 버리는 것이 좋다."

"자기가 믿는 종교만이 제일이고 남이 믿는 종교를 멸시하거나 거부하는 사람이 있다면 그는 자기 종교도 바로 믿지 않는 꼴이다. 왜냐하면, 종교의 근원(조물주-필자 주)은 하나이기 때문이다. 종파적인 종교에 머물러 거기에 안주하는 사람은 참된 종교를 알 수 없다. 즉, 종파적 웅덩이를 넘어 보편적 종교의 바다에 흘러들어가지 않고서는 참된 종교를 알 수 없다. 내가 말하는 종교는 형식적, 습관적인 것이 아니라 모든 종교의 기초를 이루는 것이고, 인간을 신에게 향하게 한다."고 했으며 이는 '보편적 진리의 실현'을 성취함에 종교의 의미를 둔 것입니다.

법정께서는 "모든 종교가 보다 인간다운 삶을 위해 발생한 것이라고 볼 때, 종파적인 편견은 독선적이고 배타적인 옹졸한 마음의 소산이다. 각 종교는 하나의 진리를 현자들이 다르게 표현했을 뿐이며 그 지역의 특수한 풍토와 문화적 환경, 역사적 배경에 의해 그렇게 표현될 수밖에 없었다. 보통 그들이 믿는 종교의 형식이나 습관에 의해 그 종교가 본래 가지고 있던 신선함과 명쾌함을 잃는 수가 많다. 이런 일은 그릇된 믿음에서 오는 수도 있겠지만 대개는 종교를 업으로 삼고 있는 사람들이 저지른 과오일 것이다. 겉표면에만 매달리지 말고 뒤에 숨은 뜻을 따른다면 자기가 믿지 않는 종교라 해서 배격하거나 역겨워할 것은 조금도 없다. 어떤 종교이든 광신은 독성이 있어 이성을 잃고 맹목적 열기에 들뜨면 종교의 보편성을 망각하게 된다. 마치 한 쪽 가지만 붙들고 그것을 나무 전체라고 고집하는 것과 같다."

"진정한 종교인은 그 자체로부터 자유로워질 수 있어야 한다. 외형적인 종교에 얽매이면 자기 내면에 갖추고 있는 신성(神性)과 불성(佛性)을 일깨우기 어렵다. 개념화된 부처나 보살 때문에 내 안에 있는 부처나 보살은 보지 못하고 관념으로 굳어진 하느님 때문에 우리 이웃에 살아 숨 쉬는 진짜 하느님을 만나지 못한다. 이것을 안다면 다른 종교의 의식이 조금도 귀에 거슬리지 않고 바람 소리처럼 자연스럽게 들려온다."라고 했습니다.

우파니샤드에는 "빛나는 하느님은 하나다. 신이 여럿이라고 믿는 자는 윤회(죽음의 굴레)에서 벗어나지 못한다"라고 했습니다.

크리슈나무르티도 "진리로 가는 길이 별도로 있는 게 아니다. 특정 종파에만 진리에 이르는 길이 있는 것이 아니다. 진리는 무한하고 무조건적이므로 그것을 조직화(종교조직)해서는 안 된다"라고 말했습니다.

달라이라마(14대 텐진가쵸)는 "불교가 가장 좋은 종교라고 내가 믿는다면 그것은 어리석은 생각이다. 사람들은 서로 다른 정신적 성향을 가지고 있고, 사람마다 취향에 따른 다양한 음식이 필요한 것처럼 다양한 사람이 다양한 종교를 요구한다. 종교의 목적이 사람들에게 도움을 주는 것이므로 세상의 모든(주요) 종교의 가치를 인정하고 존중해야 한다. 그 종교들은 인간에게 혜택을 주고 개인을 행복하게 하고 세상을 더욱 좋게 만들도록 설계되어 있기 때문이다. 나는 다른 종교를 존중한다. 그 이유는 그 종교가 인간행동의 지침이 되고, 인간에게 긍정적 영향을 주는 윤리관을 제공하기 때문이다."

"종교분쟁을 없애는 일은 각 종교를 서로 묶는 세계적 모임(기구)을 만들어 서로 접촉하여 서로 존중하고, 타 종교가 인류에 기여한 바를 알고 타 종교에서 배울만한 유익한 것을 발견하게 하는 것이다"라고 말했습니다.

종교학자 정진홍 교수는 "삶의 해답이 되어야 할 종교가 제도화 조직화 되어 종교 간의 갈등 현상으로 나타난다. 즉 차별풍토를 탄생시키고 말았는데, 이것은 종교 본연인 보편성을 잃을 때 나타난다. 분별없는 종교 발언인 자기 종교만 옳다는 발상과 타 종교를 폄하하거나 부정해야만 자기 신앙의 돈독함이 드러난다고 여기는 데서 기인한 것인데, 이 갈등과 충돌은 당해 사회의 해체를 촉진하게 되며, 이쯤 되면 종교가 생의 해답이 아니라 오히려 생의 문제가 된다"고 했으며 자기 종교의 주장보다는 인간의 존귀함이 우선되는 사회 건설이 먼저 필요하다고 역설했습니다.

원불교 종법사님의 게송 하나 소개합니다.(2009. 4. 28)
"진리, 법신불, 하늘이라 칭하는 자 누구인가? 영혼의 세계 물질의 세계를 동시에 창조하고 지구와 같이 큰 덩치를 움직이는 자, 유일한 자, 영원한 자, 조화로운 자여 진리는 하나(종교가 달라도), 세상은 하나, 인류는 하나, 신(법신불)과의 직통전화(기도)로 마음을 모아 간절히 찾으면 인류 공생 공영의 길이 있다. 이웃과 하나, 중생(인류)의 고통을 벗게 힘쓰는 많은(각 종교의) 성자들… 〈중략〉

우명 선생은 "각 종교의 경전이 틀린 것이 아니라 이 허상의 세계를 진짜인 줄 알고 있는 인간의 마음이 경전을 해석하기 때문이다"라고 말했습니다.

일본의 한 영지도자는 "종교는 모두 하나이다. 왜냐하면, 절대자 창조주가 하나이기 때문이다. 여러 종교가 생긴 것은 우리 각자는 자기가 좋아하는 취향에 따라 자동차를 구입하는 것과 같다. 그러니 자기가 선택한 종교에서 기쁨과 삶의 보람을 찾아라"라고 했습니다.

베르나르 신부(여주시 도전리)는 불교의 법사이며 '자기 우물이 절대'라는 것은 틀린 생각이라 했습니다.

인도 곳곳에 서 있는 옛 아소카왕의 기둥에도 그 내용이 종교 간의 화목에 대한 이야기랍니다. 타 종교에 대한 존경심 말입니다.

이처럼 종교는 하나입니다. 한 조물주를 종교마다 다른 이름으로 부를 뿐입니다. 마치 백두산을 중국인들이 장백산이라 하듯이 종교가 다르다고 서로 싸우는 것은 정말 낮은 의식 수준입니다. 내세라는 게 없다면 종교가 필요 없지요. 각 종교는 내세라는 공통분모 위에 있습니다.

자유를 표방하는 국가는 모든 종교가 공존합니다. 우리나라도 모든 종교가 어울려 충돌 없이 각자의 믿음에 충실합니다. 싱가포르는 수십 개의 종교가 공존하여 종교인협회(IRO)를 만들었습니다. 이들은 타 종교와 협력하며 서로 존중하며 어느 하루를 정하여 서로 방문하며 서로 인정하고 사랑과 경의를 표하기도 합니다.

성경(마 7:1)의 말씀입니다. "비판을 받지 않으려거든 비판을 하지 마라."

모든 종교는 진실합니다. 그러므로 자기의 종교를 열심히 믿고 열심히 포교(선교)해야 함은 종교인의 기본입니다. 그러나 타 종교에 대한 비방은 본인의 수행에 역효과일 뿐입니다.

왜냐하면, 비방이나 비난은 하자마자 순식간에 본인의 마음이 부정적으로 되고 영혼이 오염되어버리기 때문입니다. 자기의 쌓은 수행이 헛공사가 되어버리지요.

타 종교를 인정하고 서로 존경할 때 인류의 종교전쟁(분쟁)은 자동으로 소멸될 것입니다.

Mar. 10.

종교는 하나 2

　종교의 목적은 영혼의 구제입니다. 영혼의 구제는 내세에서의 영혼의 삶입니다. 영생입니다. 영혼(의식체)은 생명력이며 불멸이라고 했습니다. 각 종교의 목적지는 내세입니다. 이승에서는 그 누구도 영생할 수 없습니다. 내세의 영생으로 가는 방법이 수행(修行)입니다. 수행의 조건은 이생에서만 가능하도록 한정되어 있습니다. 종교는 영생의 길을 안내하는 방편입니다. 내세가 있으므로 종교가 있는 것입니다.

　각 종교는 그 수행과정이 비슷하며, 수행결과는 빛(깨달음)이라는 목적지에 다다르게 합니다. 그런데 모든 영혼이 다 빛의 경지에 도달하는 것이 아닙니다. 왜냐하면, 개개인마다 수행의 깊이(순도)가 다르기 때문입니다. 여기서 이 수행의 단계를 종교별로 한번 살펴봅시다. 이 수행단계는 각 종교의 선각자(성직자)들이 제자(수행자)들의 수행을 돕기 위하여 매우 효율적으로 만든 것이라고 할 수 있습니다.

1. 기독교의 구원의 길은 '예수 5-비전(vision)의 과정(5-Initiation 이라고도 함)'으로 표현됩니다.

– 제1 vision(1st step)은 '탄생의 단계'로서 감정과 욕망의 통제를 스스로 이루는 단계입니다. 감정의 통제와 욕망으로부터의 해방 없이는 가상의 세계, 환영의 세계인 이 물질세계 차원을 넘어설 수 없다는 것입니다. 즉 물질에 대한 집착과 이 집착으로 인한 괴로움의 사슬을 끊는 진리(우주 법칙)를 찾는 수행단계입니다.(예수님은 이미 탄생 전부터 욕망을 극복한 상태라 합니다.)

– 제2 vision(2nd step)은 '세례'로서 마음, 생각의 정화단계입니다. 그릇된 생각이나 개념은 영적 진화의 방해물이므로 세례(의식)로써 정화합니다. 즉 영의 세례를 통하여 육체(성소)가 순수할 때 신을 바로 볼 수 있고 상위계의 신성의 빛이 들어오는 통로가 열리는 것입니다.

– 제3 vision(3rd step)은 '변형의 단계'로서 사랑(자비심)의 완성으로 신 의식과 연결되는 단계입니다. 신의 눈으로 고통, 무지, 부정의 세계를 볼 수 있고, 많은 수행으로 신 의식의 차원에서 신 의식과 접하는 단계입니다.

– 제4 vision(4th step)은 '십자가 단계'로서 형태(물질=육신)에 대한 모든 욕망을 버리는 것입니다.

– 제5 vision(5th step)은 '승천의 단계'로서 '신과의 합일(Ascended to Heaven)'을 이룩하는 것으로 '영혼의 여행(이승수행) 완료'이며 의식 확장의 끝이 됩니다.

* 또 이것을 '구원의 3단계'로 요약하기도 합니다.
- 빛을 보는 단계…제1~3 vision에 해당. 〈혼(진아)과 생각(관념)의 분리〉
- 빛 속으로 들어가는 단계…제4 vision에 해당. 〈혼 속으로 들어감(영성, 우주혼)〉
- 빛이 되는 단계…제5 vision에 해당된다고 봄. 〈혼 의식을 신 의식과 동조〉
* 존 버니언의 천로역정(The pilgrim's progress)에는 크리스천이 가족을 떠나 수많은 단계(만남)의 순례를 통하여 천국으로 들어가는데, 인간 영혼의 수준이 여러 층임을 표현한 것으로 볼 수 있겠습니다.

2. 유대교의 구원의 길은 '카발라(비밀 가르침)'에서 신과 합일은 '생명 나무 10단계' 즉 10-세피로드(sepirod)로 표현됩니다. 카발라에는 땅(3차원)에서 신으로 가는 생명 나무가 거꾸로 그려져 있는데 이것은 수행단계를 종이에 표시할 때 상단부터 써 내려오기 때문인 것 같습니다. 생명 나무 그림에는 수행단계 즉 수행의 발전 진행이 수직상승뿐 아니라 수평과 대각선 지그재그 방향으로도 연결되어 있는데 신에게로 가는(영적 발전) 방법이 다양하다는 것을 표현한 것 같습니다. 수행의 능력(믿음의 깊이)에 따라 지름길로 갈 수도 있다는 뜻이 아닐까요? 다음 표는 수행단계 즉 영혼의 발전(수행) 단계를

수직 방향으로 설명한 것입니다.

sepirod	뜻	차원	영혼의 발전 상태
10 : 말쿠드	물질계 삶	3차원(물질계)	상위차원인 호드에 이르는 수행(말라식)
9 : 호 드	신의 광휘	4차원(아스트랄계)	언행이 신 의식화 됨. 신의 광휘가 현시됨
8 : 네차흐	견고함	″	신 의식에 듦, 견고한 자세, 빛의 실에 듦
7 : 예소드	기초확립	″	근본을 세움, 예소드(신의 거소)에 듦
6 : 게부라	정의	(신성멘탈계)	정의로운 삶 구현, 신의 영광 속 삶, 자비
5 : 헤세드	자비	(″)	자비와 균형 있는 삶, 자비(사랑)행
4 : 티페레트	아름다움	(″)	인간성(영혼)의 완성, 아름다운 인간성
3 : 비 나	지성	(영계)	원인 결과의 이해와 통제(불교의 아뢰아식)
2 : 호크마	지혜	(″)	자각, 지혜의 문 열림, 신과 하나라는 자각
1 : 케테르	신과 합일	(″)	신과 합일에 도달

* 불교에서는 아소카왕이 스리랑카에 전한 '깨달음의 나무'가 있으며 깨달음에 이르는 수행단계와 관련된다고 합니다.

3. 불교에서의 깨달음의 과정은 8 정도(八正道)로 표현됩니다. 고집멸도, 즉 고(苦)의 원인은 집착(執着)에 있고 이 고뇌로부터 탈출(멸=滅)하는 방법(道=과정)은 8단계로 되어 있습니다.

수 행 단 계		수행의 경지(단계)
정견(正見)	바른 견해	12인연의 바른 이해, 평안유지, 귀의함(출가, 재가).
정사유(正思惟)	바른 생각	행동 전 바른 생각, 욕망과 악으로부터의 자유.
정언(正言)	바른말	진실만 말함, 타에 유익한 말, 악담, 허풍, 잡담을 피함.
정업(正業)	바른 행위	올바른 행동, 나쁜 행위와 결별, 구업, 신업, 의업의 금지.
정명(正命)	바른 생활	옳은 직업, 규칙적인 생활.
정정진(正精進)	위대한 노력	자비(慈悲), 악을 피하고 선의 발전과 유지하는 노력.
정염(正念)	바른 의식	관조, 마음 챙김, 신 의식 유지와 목적을 잊지 않음.
정정(正定)	삼매	의식 확장의 끝, 무념무상의 상태에 이름.

* 화엄경에서는 10단계의 지(地)로 나타내며, 선에서는 심우도로써

수행의 단계를 표시합니다.

4. 이슬람(Islam)에서의 수행과정은 5단계(5-Column : 칼럼)로 표현
됩니다.

수 행 단 계	경지(도달단계)
1st Column 신과 메신저	(God & prophet) 신과 모하메드를 앎, 신앙고백, 입문단계
2nd Column 기도	(Pray) 마음의 정화, 1일 5회(금요일 : 6회)
3rd Column 단식	(Fasting : 라마단) 무욕의 실천(해 있는 시간 단식)
4th Coulmn 자비	(Help the poor) 자비의 실천(mercy, cherity) 헌금 2.5%
5th Column 순례	(The pilgrimage) 신과 합일, 승천(Ascension), Resurrection (부활)의 완성

＊별도 표는 종교별 수행단계를 비교한 것입니다.

선각자들은 불쌍한 중생들의 영혼을 영생으로 이끌기 위해 이
렇게 최선의 수행방법을 만들고 교육했으며 또 하고 있습니다.
무엇 때문일까요? 무슨 이익이 있어서일까요? 아닙니다. 자비심
때문입니다. 자기들은 천국에 거하는데 아무것도 모르고 제 잘난
채 날뛰는 3차원의 인간들을 보니, 자비심이 가만히 있지를 못하
게 하는 것입니다.

이처럼 모든 종교의 최종 목적지는 '인간의 영혼을 영생으로
인도'하는 것입니다.

각 종교마다 '자비의 완성' 단계가 있습니다. 자비(사랑)의 완성
은 신과 합일(깨달음)의 필수조건임을 우리는 알 수 있습니다.

각 종교마다 수행자의 영혼 발전 단계는 수행자 개개인의 노력 여하에 달린 것입니다. 이것을

- 불교의 선각자들은 일체유심조(一切唯心造)라고 하였습니다. 간절한 마음의 수행으로 깨달음에 도달할 수 있다는 뜻입니다.(일체유심조 해석 참조)

- 성경에는 "God help those whom help themselves(하늘은 스스로 돕는 자를 돕는다)"라 했습니다.

- 코란에는 "No-one can has a portion more than that what Allah has assigned to him.(그가 노력한 만큼 하늘이 도운다)"라 했습니다.

종교는 모두 하나의 목적입니다. 이로써 "자기 종교만 옳고 타종교는 그르다"라는 생각은 틀린 것입니다.

허우대 1

허울은 겉모양이며 껍데기입니다. "허울 좋은 하눌타리"라는 속담이 있습니다. 이것은 숲속의 야생 하늘 수박이 겉모양과는 달리 속은 보잘것없다는 것을 말합니다.

'허우대'는 '겉모양이 보기 좋은 큰 체격'이라고 사전에서 설명하고 있는데 좋은 의미의 말은 아닙니다. 허우대는 허위대(虛位臺) 즉 위패(位牌)가 없는 제사상(제대)이란 뜻이며 위패 없는 제사고 보니 헛제사, 거짓 제사, 대상도 알맹이도 없는 모양만 거창한 제사가 되는 것이지요.

사람의 육신은 참으로 중요한 것이랍니다. 왜냐하면, 사람의 육신 속에는 신(조물주)의 분신인 영혼이 깃들어 있기 때문입니다. 육체가 순수할 때만 깨끗해진 영혼이 신을 바로 볼 수 있으며 신성의 빛이 들어올 수 있다는 것입니다. 그리고 영혼이 떠나면 육신은 그냥 흙 속의 각종 원소로 바뀌어버리는 별것 아닌 물질이 되는 것입니다.

대부분의 사람은 물질계의 허상일 뿐인 육체의 겉모양만 보고 그 사람의 가치를 판단해 버립니다. 개인의 내면 즉 영혼의 경지는 들여다보지 않고 오직 외모로써만 인격까지 판단해 버린다는 것입니다. 외모가 좋다고 그 속의 영혼이 잘 성장되고 또 신의 곁으로 갈 수 있다는 보장은 절대로 없는데도 말입니다.

큰 육체에 대한 선호는 인간(그중에서도 특히 이 시대의 우리 사회에서)의 생각과 관념이 낳은 허상일 뿐이며 우리 사회에 만연된 집단 최면일 뿐입니다. 이로 인하여 크고 아름다운 육체의 소유자는 자만에 빠지게 되고 '물질(체)의 욕망'에 노예가 되어서 쉬운 대로 생을 살다가 자칫하면 '허우대'로 전락하기 쉽다는 것입니다. 그리하야 이리 좋은 육신의 힘으로 남을 괴롭히고, 높은 것 따먹는 편리함으로만 이용하거나, 바람피울 때 팔랑개비로 써먹거나, 밥 썩히는 기계로만 살거나, 배우자 선택 시 가산점으로 활용하다가 죽어서는 화장터 연료 소비량 증가에 일익을 담당하여 에너지 고갈에 공을 세우는 그런 정도의 육신으로 끝내버린다면 정말 아까운 일이지요.

하늘은 이런 좋은 육체가 그저 허우대로만 있기를 바라지 않을 것입니다. 이런 훌륭한 외관의 소유자일수록 "내가 생긴 만큼 인류에 이바지하고 있나?" "이웃에 봉사와 사랑을 더 많이 주고 있나?" "불의를 못 본체하지는 않는가?"를 계속 체크하며 살아가는 '아름다운 영혼'까지 겸비했다면 바로 이런 걸 두고 '금상첨화(錦上

添花)'라고 하지요.

좋은 육신의 소유자는 못난 사람들의 덕택임을 알아야 할 것입니다. 상대적이니까요.

부처님은 해탈로 육신의 덧없음을 보여주었고, 예수님은 "인간이 이겨야 할 적은 죽음(형태)을 극복하는 것이다"라고 하였으며, 말귀를 못 알아듣는 사람들을 위하여 기꺼이 십자가에 못 박힘으로써 '형태(물질)에 대한 욕망을 정복'했음을 직접 보여준 것이라 합니다.

Apr. 01.

허우대 2

언젠가부터 각종 TV 방송들이 앞장서서 젊은 사람의 큰 키와 잘난 얼굴을 선호하는 쪽으로 방송을 해대다 보니 서서히 이 사회 젊은이들의 가치관이 '외모 우선주의'에 빠져버렸습니다. 가치관이 지적, 도덕적, 영적인 것에서 육체적인 것으로 바뀌어 버린 것입니다. 이렇게 되니 이 사회에 키 크거나 얼굴 잘난 사람이 유리한 위치에 서게 되어, 그런 사람은 기고만장하게 되었고 그렇지 못한 사람은 아무런 잘못이 없는 데도 괜히 주눅이 들어 살게 됩니다. 운동선수는 그렇다 치고, 배우자 고를 때 외모 큰 사람만 고르기 때문에 그렇지 못한 사람은 그것을 인생의 핸디캡으로 여기게 되어 버렸습니다. 이것은 우리나라 젊은이들의 의식 속에서 관념화되었고, 결과 사회 전체가 '큰 것 우성'이라는 집단 최면 상태에 빠져버렸습니다. 사실 큰 덩치라고 해서 지구환경에 적응하며 살아가는 데에 큰 장점이 있는 것도 아닌 데 말입니다. 어이없게도 '큰 것 우성'이라는 축산업에서나 적용되는 학설이 사정없이 사람에게 적용되어버린 것입니다. 결국, 죽어서 흙 속으로 돌아

갈 아무것도 아닌 물질 덩어리를 인생의 전부인 양 생각하는 '의식퇴보'만 초래한 것입니다.

인체도 지구 중력에 저항하여 버티는 일종의 구조물입니다. 큰 구조물이 큰 하중을 부담할 수 있지만, 자중(自重 : The load of himself)이 크기 때문에 단위 사이즈(SIZE : 길이, 부피)가 하는 일은 큰 사람이나 작은 사람이나 똑같습니다. 일=시간 × 힘(W=T × P)입니다. 결국, 큰 덩치는 더 많은 시간을 쉬어야 각 세포(근육, 뼈)가 재충전 됩니다. 마라톤도 그렇고 훈련 시에 큰 덩치가 더 힘들어하는 것은 이 자중 때문입니다. 그만큼 연료가 더 필요하다는 것입니다.

또 사람의 육신을 공격하는 바이러스나 병균으로부터 공격당할 확률은 그 체적상 큰 덩치일수록 더 높으며 전투 시에는 큰 목표물(Target)이 되므로 괜히 적의 명중률만 높여주게 됩니다.

어떤 유럽의 과학자는 지구의 크기(size. r=6,400km)로 볼 때 그 축척(scale)의 비례상 인간의 키는 150cm가 지구 크기와 비례의 밸런스(Balance)에 적절하다고 했습니다. 큰 공룡은 지구자원(크기)에 대한 적응이 불합리했다는 것입니다.

국민의식이 낮은(후진국) 나라일수록 큰 체구의 사람들이 예절과 도덕심이 낮습니다. 이들은 어깨를 펴서 도로를 꽉 채우고 활보를 하니 사람들은 무서워서 한쪽으로 비켜섭니다. 선진국은 큰 사람이 길에서 더 공손합니다.(사실 이런 나라에서 덩치 자랑했다가는 언제 어디서 총알이나 비수가 날아올지 모르니까 저절로 그렇게 되었겠지만)

덩치가 크다고, 얼굴이 잘났다고 인류에 이바지하나요? 생산성이 높나요? 국방력이 강해지나요? 세금을 더 내나요? 더 정의로운가요? 더 아름다운 영혼을 가졌나요?

보통 덩치 큰 사람이 위의 하나도 충족지 못하면 '허우대'라 하며, 세 가지 이상만 가지고 있어도 사람들은 "그놈 덩치(인물) 값을 하네!"라고 칭찬하지요.

후광後光 이야기

　성화(聖畫)나 불화(佛畫)를 보면 성인(聖人)들의 머리 뒷부분에 둥글고 밝은 후광(後光)이 보입니다. 이것을 오러(Aura), 오리얼(Aureal) 또는 아아로라고 합니다. 그 어원은 희랍어의 Avra(아우라 : 산들바람 : 바람의 신)입니다. 후광은 사람의 영혼(靈魂=혼 또는 의식체)의 진화과정(수행의 깊이)에서 나오는 빛이라고 합니다. 영혼이 맑아지면 밝아지고 그것이 빛으로 나타나 후광으로 보인답니다. 수행의 차원이 높아질수록 이 빛은 더 밝아지고 더 넓어집니다. 예수님, 석가모니부처님의 후광이 주위의 성자들보다 더 크고 더 밝게 빛납니다.

　의식체(혼)의 확장(수행의 깊이)은 사람의 몸에서 에데릭체(Etheric body), 아스트랄체(Astral body), 멘탈체(Mental body) 순으로 확장되어(불가에서는 하급 의식에서 말나식과 아뢰아 식으로) 상위차원의 혼(의식체)이 되며 나아가 우주 혼과 연결되는 것입니다. 이 확장(혼의 발전)은 참된 종교 생활 또는 개인 수행 시 깊은 명상을 할 때 매우 활발해진다고 합니다. 영시(靈示)가 트인(수행이 깊은) 사람은 다른 사람의 아아로가 보인다고 합니다.

오쇼 라즈니쉬는 "사람이 깨달으면 몸 주위의 영 에너지장이 점점 확대되고 그 범위에 들어있는 주위 사람들은 아늑하고 평온함을 느낀다"라 했는데 이 범위를 '아아로의 영역'이라고 합니다. 우리가 누굴 만났을 때 마음이 평온해짐을 느낀다면 그는 상당한 깨달음에 도달한 영혼의 소유자임이 분명합니다.

영 지도자들은 후광의 원재료는 '영 에너지'라고 합니다. 이것은 최상위 우주 혼인 창조주 즉 기독교의 하나(느)님, 불교의 근본 불(비로자나), 이슬람의 알라(Alah)로부터 오는 빛(영 에너지)입니다. 이 빛은 최고 차원의 우주 혼에서 발원되어 각 차원의 우주 혼을 거쳐 3차원인 지구에까지 보내지는 것입니다. 그 목적은 인간의 식(영혼)의 발전을 돕기 위함입니다. 그런데 사람들 다수가 이 사실을 인식하지 못하며 자기가 이 지구에 태어난 목적을 망각하고 진리에 반하는 생을 살고 있습니다.

일본의 한 영 지도자는 지구의 극지방에서 발생하는 오로라(Aurora : 극광) 역시 영 에너지라고 합니다. 과학자들은 오로라는 "태양에서 온 대전입자(플라즈마)가 지구의 자기장에 끌려 대기권으로 진입 시 공기 분자와 반응하여 빛을 내는 것"이라고 설명하면서 이 빛은 자외선(Ultra violet)에 속하므로 사람에게 나쁜 영향을 준다는 것입니다. 그러나 영 지도자들은 오로라도 햇빛처럼 신이 보내는 영 에너지로 봅니다. 신이 나쁜 것을 보낼 리가 없다는 것이지요. 그래서 인간 혼의 성숙(정제)을 위한 창조주의 선물로 보는 것입니다.

선각자는 "깨달음이란 생각을 일으키기 전의 마음 상태로 돌아가는 것이다"라 했습니다. 즉 영혼을 무심(無心)의 상태로 복원시키는 일입니다. 생명력인 우주 에너지는 무심으로 가는 에너지원입니다. 이 선물을 잘 받는 방법은 바로 최고의 명상인 '감사하는 마음'입니다. 감사는 무심으로 가서 저절로 신과 합일(니르바나)에 도달합니다.

제4부

명상瞑想과 기도祈禱

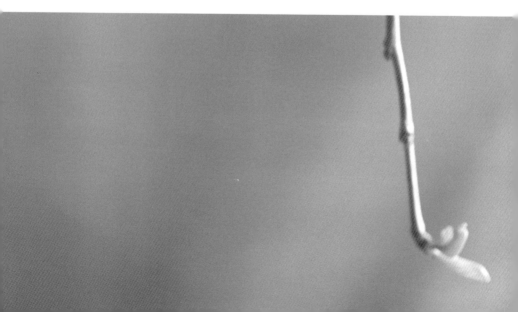

명상瞑想과 기도祈禱

한 성자가 밖의 개구리 소리에 집중이 안 돼서 돌팔매로 이를 재웠다. 다시 기도를 하는데 하나님께서 "왜 노래도 못하게 하느냐?!" 아차! 놀란 성자 창문을 열고 "얘들아! 다시 울어라!"(류시화 글)

신과 합일(깨달음)의 조건이 무아(무욕)입니다. 무아에 도달하는 방법은 명상과 기도입니다. 명상과 기도는 어떻게 다를까요? 성직자들은 "명상은 내가 사라지고 신에게로 가는 것, 기도는 내가 사라지고 신이 나에게로 오는 것"이라고 합니다. 여기서 둘 다 내가 사라지는 것이 우선 조건입니다. 여기서의 나는 '오염된 마음(욕심)'입니다.

명상(瞑想)

사전에는 명상을 '고요히 눈을 감고 생각함'으로 설명되어 있습니다. 여기 생각 상(想)자 때문에 그렇게 풀이한 것 같은데 사실 명상은 생각을 멈추고 안 하는 것입니다. 인간의 마음은 구별심에 의한 욕심으로 인하여 오염되어 있으니 그 마음이 만들어 내는 생각 또한 주로 부정적입니다(여기에 선념(善念)은 포함되지 않음). 고로 생각(마음)을 죽이는 게 명상의 목적인데 '생각함'이라고 풀이함은 타당치 않습니다.

글자를 보면 어두울 명(瞑)+생각 상(想)이므로 '생각을 없애라(깜깜하게 만들라)'입니다. 묵상(黙想) 또한 생각을 까맣게 안 하는 것입니다. 생각이 없으니 환상이 생기지 않습니다. 환상이 안 생기니 원래 마음입니다.

선각자들은 "명상은 초월(超越)로 가는 방법(교통수단)의 실천이다"라 했습니다. 여기서 초월은 초월지혜(超越智慧=마하반야(Maha pragina))입니다. 이것은 능력이나 지혜가 초인적으로 되는 것이며 인간 한계를 넘은 깨달음의 경지입니다. 곧 욕심을 만드는 구별심이 제거된 상태이니 본래 마음만 남게 된 깨끗한 영혼이 된 것입니다. 우리는 명상을 통하여 초월경지를 볼 수 있으며 불가에서 하는 '참선'이 그 대표선수입니다.

명상은 영어로 메디테이션(Meditation)이며 '속으로 들어감'입니다. 자꾸만 깊이 파고 들어가면 신을 만난다는 것입니다. 고로 내가 나를 버리고 신을 찾아가는 적극적인 방법입니다. 선방이나 수도원에 안가도 아무 데나 다 명상처입니다. 지하철 명상은 종점까지 가버리기도 하지요.

기도(祈禱)

기도를 사전에서는 '바라는 바가 이루어지도록 신불에게 비는 것'으로 풀이되어 있습니다. 좀 기복적인 풀이 같네요. 기도 또한 신과 합일(깨달음)에 이르는 방법(교통편)입니다. 명상이 신을 찾아 들어가는 방법이라면 기도는 신이 나에게 오도록 청하는 방법입니다. 내가 없어지고 내 마음이 신의 마음과 같이 되면 저절로 신이 내 속에 임하게 된다는 것입니다.

"기도는 내 속에 내장된 생명력을 일깨우는 행위다"라고 말합니다. 여기서 생명력이란 육신을 말하는 게 아니고 우리 영혼(의식체) 속에 내장되어 있는(창조주로부터 받은) 죽지 않는 생명력입니다. 그래서 이 생명력을 깨우는 기도는 기(祈)＝도끼날(斤)이 보인다(示)와, 도(禱)＝목숨(壽)이 보인다(示)로 이루어져 있습니다. 글자 그대로 기도는 예리하게(날카롭게) 목숨을 다하여 하는 것입니다. 도끼날 같은 집중된 마음과 정성을 다한 간절(懇切)한 기도를 해야 합니다. 기도를 대강 처삼촌 묘에 벌초하듯 하면 헛방입니다. 단체 기도는 그 에너지의 폭발로 하의상달(신과 합일)의 효과를 극대화합니다. 대표기도 시에는 나머지 사람들도 에너지를 합해야 합니다. 새벽 장독대에 정한 수 떠놓고 하신 할머니 어머니의 기도는 가장 순수한 기도라 할 수 있겠지요.

부(재물), 명예, 권력을 바라는 기도는 헛기도랍니다. 세상적 열매의 획득을 위한 것은 기도가 아니랍니다. 또 우리 아이가 합격하게 해 주십시오의 기도는 성립되지 않는답니다. "우리 아이 아무개가 공부한 것이 잘 기억나도록 힘을 불어넣어 주세요"라고 구체적이고 영적인 기도를 해야 한답니다.(막연한 바램은 하늘에 상달 되지 않는다＝믿음, 바램의 실상 : 히브리서 11장)

돌아가신 조상님께 부탁하는 기도 또한 성립하지 않습니다. 별세한 이의 혼은 영(靈)의 상태이므로 이 3차원에다 영향을 끼칠 힘이 없답니다. 그러니 선친들에 대한 기도는 명복을 빌어주는 일 하나뿐입니다. 내가 수행을 많이 하고 덕업을 많이 쌓은 상태에서 명복을 빌어주면 조상님들의 영은 큰 영 에너지를 받아 그곳에서 상위 차원으로 발전할 수 있다고 합니다. 제사 또한 기도의 한 방법이라고 볼 수 있겠습니다.

명상과 기도 모두 신과 만나는, 신이 되는, 빛이 되는 수행 코스입니다. 둘 다 영의 세계를 움직이는 에너지를 가졌답니다.

명상과 기도는 내가 가든 신이 오든 보이지 않는 세계(깨달음의 세계)를 보는 창문(window)이랍니다.

Aug. 11. 2005.

＊ 자! 항상 기뻐합시다.(Rejoice always!)

　　쉬지 않고 기도합시다.(Pray continually!)

　　범사에 감사합시다.(Give thanks in all circumstances!)

명상-멍 때리기

티벳이나 네팔의 사원에는 그 외벽에다 가늘게 뜬 큰 외눈을 그려 놓았습니다. 이것은 내 안에 있는 진짜 내 눈이라고 합니다. 진아라고도 한답니다. 사찰(불당)에 있는 불상의 눈 또한 가늘게 뜨고 있습니다(제3의 눈이라고 하는 초능력하고는 다름). 이 눈은 뜨고 있지만 물체를 보고 있질 않습니다. 안구 렌즈는 초점을 맞추지 않은 상태입니다. 이 눈은 밖으로 내다보는 것이 아니고 속(안)으로 들여다보는 눈입니다. "내 안을 깊이 들여다보면 거기에 까만 점이 나타나고 이것을 쫓아가면 다른 차원의 세계가 보인다." 선정(사맛디)에 드는 상황을 이렇게도 설명하기도 합니다. 이런 차원에 들어가면 무심(無心)이 됩니다. 마음이 제거된 상태입니다. 마음 다스리기 수행처에서 하는 멍 때리기입니다. 마음이 나가고 머릿속이 멍한 빈 공간이 되니 여기에 빛(신)이 살포시 들어오는 것입니다.

친구 생각-아름다운 영혼 태현이

수업시간마다 태현이는 입을 조금 벌린 채 멍하니 초점 잃은 눈으로 교실 천장의 한쪽을 보고 있었다. 이를 보신 선생님은 태현이를 향해 분필을 던지곤 했다. 명중률이 별로 안 좋아서 분필 조각은 짝꿍이었던 내 몸에 맞기도 했다. 그때가 4학년이나 5학년 때쯤이었는데 선생님은 1학년 때 우리 반을 맡았던 재채기(알려지가 있었던 것 같음) 선생님의 친동생으로 사범학교를 나와 우리 반을 졸업할 때까지 내리 3년을 담임했다. 태현이와 나는 6년 내내 한 반이었는데 3년 정도 짝꿍이었다. 태현이는 착하고, 무척 영리하고, 인물이 참 좋았다. 나란히 앉아있을 땐 내 마음이 참 편했다. 그에게서는 알 수 없는 평온함이 풍겨 나왔는데 나의 할머니에게서 느끼던 그런 감정이었다. 태현이는 수업에는 집중 않지만 그는 5학년 때 벌써 간디와 네루 수상에 대하여 알고 있었고, 아이젠하워, 맥아더, 후루시초프 등에 대하여 나에게 이야기해 주었다. 지금 생각하니 그는 모든 과목을 이미 다 알고 있었기 때문에 수업시간이 시시했었던 것 같다. 그런데 선생님은 수업에 집중 안 하는 태현이를 이해하지 못했다. 태현이 아버지는 전깃불이 들어오는 면 소재지에서 한의원(한약방)을 하셨는데 하교 시에 열린 대문으로 보면 하얀 옷을 입고 약탕기를 들고 마당을 오가시는데 마치 큰 절 벽화에서 본 산신령 같았다.

태현이는 나를 네루라고 불렀다. 나는 누나들의 노래 속에서 인도의 향불이 어쩌고 하는 말을 들었기에 네루가 거기 먼 나라 사람이라는 정도만 알았다. 나는 학교 끝나면 십리 길을 걸어와서 보리밥을 물에 말아 먹고 소 몰고 공동묘지 언덕에 올라 사방으로 뛰어다니다가 저녁 먹고 왜지름(왜기름: 일본인이 들여온 기름. 석유) 아낀다고 일찍 호롱불 끄고 초저녁부터 잠이나 자는 그런 아이였으므로 태현이와는 대화상대가 되지 못했다. 6학년에서 태현이는 행동이 이상해졌고 결석을 자주 했다. 우리는 같은 중학교에 들어갔고 같은 반이 되었는데 키가 커버린 태현이는 한참 뒷줄이 되어 버렸다. 그리고 결석이 훨씬 많아졌다. 나는 걱정을 많이 했다. 그 후 태현이가 읍내 병원에 다닌다는 소문만 있었고 학교는 나오지 않았다.

고교 여름방학 때 태현이네 동네를 지나가는데 거기 큰길에 태현이가 있었다. 나는 아직도 중학생 같은데 성장이 좋은 태현이는 큰 키에 귀공자 얼굴인데 놀랍게도 아랫도리를 벗고 있었다. 나는 안타까웠지만 어찌해 볼 수가 없었다. 태현이는 나를 보는 순간 눈이 반짝했다. 나를 안다는 반가운 표시였다. 그러고는 돌아서서 경중경중 뛰어가는데 집안 어른 누군가 뒤따라가고 있었고, 그것이 내가 태현이를 마지막 본 것이었다.

고향 친구들은 나에게 이야기했다. 태현이는 머리가 너무 좋아 미쳐버렸다고 마치 의사처럼 자신 있게 진단까지 내렸다. 또 읍내에 있는 의원에서 정신을 되돌리기 위해 애를 드럼통에 넣고 거꾸로 돌려서 더 미쳐버렸다면서 얼굴에 핏대를 세우며 화를 냈고, 태현이 부모들의 고생과 끝내는 지쳐버린 어른들이 불쌍하다고 제집 일처럼 안타까워했다. 시골 친구들은 내가 묻지도 않았는데 여기 시골에서 법대를 들어간 태현이 형님 이야기까지 해주었다. 그 형님이 절에 들어가 고시 공부할 때 방 앞에 호랑이가 앉아있었다는 이야기까지 마치 자기들이 직접 본 것처럼 들려주었다.(이분이 초대 주중대사인 권＊현 님임).

그리고 내가 대학의 첫여름방학에 고향을 가니 태현이는 일 년 전에 죽었다고 했다. 맑은 영혼은 하늘이 일찍 부른다더니~~~.

착하고 미소년이던 태현이의 정신세계를 이해하고 이를 이끌고 대화하여 천재의 길을 인도해 줄 전문가와 전문시설이 없었던 시절이었습니다. 그때 우리나라의 교육수준이 그랬습니다.

아마도 태현이가 멍하니 허공을 보고 있을 때 그는 과거 의식(잠재의식)의 세계에서 노닐고 있었을 것입니다. '무아(無我)의 경지' '공의 상태' 말입니다. 선생님은 자꾸만 '현재 의식'으로 끌어내려고 했고요. 태현이는 내 안의 눈으로 사맛디의 창을 통해 신을 만나고 있었지만 주위의 그 누구도 알지도 못하고 눈치도 챌 수 없었지요.

오늘날도 과거 의식에서 현재 의식(娑婆世界 : 사바세계)으로 나오기 싫어하는 아이들이 있습니다. 소위 자폐아(自閉兒)라는 옳지 못한 이름을 받은 이 아이들 모두는 대단한 천재들이며 영적으로 앞선 어린이일 수도 있습니다. 의학적인 자폐아로 치부해버리기 전에 보다 높은 종교적 측면에서 영적 차원의 접근이 필요하지 않을까요?

May. 10.

명상-섭섭 마귀 내쫓기

　한번 내 속으로 들어온 섭섭 마귀는 쫓아내기가 정말 힘듭니다. 내버려 두면 평생을 같이 살아야 하며 몸에 암을 만들기도 한답니다. 형제자매, 친구, 거래처, 각종 모임 등 인연(因緣)이 많을수록 섭섭 마귀의 활동무대는 더 넓어집니다. 많은 관계 속에서도 인간관계가 좋아서 섭섭 마귀가 침범치 못하는 호인도 더러 있습니다만, 보통 사람은 관계의 갈등으로 섭섭 마귀와 싸우느라고 마음고생을 많이들 합니다. 일찍이 젊은 시절 출가수행 길에 오른 사람은 인연이 적어 마귀가 적겠지만, 평생을 사바세계(婆婆世界)에서 연을 맺고 산 사람은 섭섭 마귀가 인연만큼이나 득실댑니다. 인연이 만든 이 섭섭 마귀를 깨끗이 떨쳐내야만 영혼이 평온해집니다.

섭섭 마귀 떨쳐내기 1

1. 누가 나를 섭섭하게 했다고 해서~~.

계속 그를 생각하고 있으면 그에 대한 분노로 말미암아 나의 평화와 기쁨과 행복을 발견할 수 없으며 매일 먹구름을 몰고 다니는 것이다.	⇨	• 나는 그를 이해한다.(10회 반복) • 나는 그를 용서한다.(10회) • 나는 그를 잊는다.(10회)	⇨	마음의 평화와 애정이 싹틈

2. 누가 나에게 소홀했다고 해서~~.

계속 그것을 생각하고 있으면 나의 마음은 점점 어두워진다.	⇨	• 나가 그에게 해 준 게 뭔가?(10회) • 나가 먼저 소홀했다.(10회) • 나의 불찰이다.(10회)	⇨	밝은 마음을 되찾게 됨

3. 나는 그를 배려했는데~~.

저쪽 입장은 생각해 보지 않고 혼자서 생각하는 착각과 어리석음이며 스스로에게 화만 돌아온다.	⇨	• 나의 착각이다.(10회) • 그가 나에게 감사할 이유가 없다.(10회) • 나가 모르는 이유가 있다.(10회)	⇨	마음이 홀가분해 짐

섭섭 마귀 떨쳐내기 2

머릿속에 섭섭한 생각이 떠오르면 즉시 이놈(생각)을 머릿속에서 돌돌 말아 목 고개를 홱 돌려 공중으로 날려 산 너머로 던져버린다.

- 생각은 파동이므로 두개골을 뚫고 던질 수 있다.

- 나타날 때마다 계속 던져버린다.

* 효과 : 이 방법은 바로 머리가 맑아지며 마음이 가벼워진다. 처음에는 멍한 상태이나 반복하면 무아상태가 길게 지속되며 섭섭했던 일이 머리에서 지워진다. 자꾸 누적되면 삼매(三昧)의 경지에 이르게 된다고 합니다.

섭섭 마귀의 주식(主食)은 욕심(貪欲)입니다. 우리가 욕심낼수록 마귀는 날뜁니다.

내가 잃은 것은 하늘이 거둬갔다고 생각합시다. 세상은 억울할 것도 섭섭할 것도 하나도 없습니다. 태어날 때 zero(공)였으며, 죽을 때 zero(공)이니 결과는 본전입니다.

명상-하염없이 걷기

"오늘도 걷는다마는 정처 없는 이 발길~~." 막걸리 한 사발이면 저절로 나오는 노래입니다. '하염없이 걷기'는 정처 없이 걷는 것입니다. 정한 곳(목적지) 없이 걷는 것은 김삿갓을 대표로 하는 보헤미안들의 수행방법이었습니다.

요즘은 둘레길 걷기가 유행이지만, 운동이나 레포츠로 즐기는 사람이 대부분이고 이것을 수행의 수단으로 하는 사람은 드물지요. 체력향상이나 몸의 면역력을 높이기 위한 걷기는 그 목적이 정신수양이 아니므로 마음이 조급해집니다. 걷기를 시작하기도 전에 "노루목 지나 솔밭 지나 매지봉 올라 벤치에 쉬었다가 뒷골로 해서 집에 와야지" 하고 마음(생각)은 이미 풀 코스를 스캔하고 목적지에 가 있습니다. 걷는 도중에도 마음이라는 놈이 앞장서서 계속 시간, 거리, 도착 장소를 생각하니 더 조급해집니다. 이러한 걷기는 마음의 승리로 끝나버리고 명상은 참패를 당합니다.

'하염없이'는 한자로 하염(何念)으로 써놓고 보면 '아무 생각 없이'가 됩니다. 일단 걷기 시작하면 모든 마음 활동을 정지시켜 버리는 것입니다. 생각을 멈춰버리기는 정말 어렵습니다.

수행자들은 생각을 멈추기 위해서 관조(觀照)하는 방법을 씁니다. 한 발짝 한 발짝을 음미합니다. 나무, 돌, 꽃 등을 보면 "응 네가 거기 있구나" 하고 무심히 아무런 감정 없이 봅니다. 곱다, 예쁘다, 좋다 이런 감정을 띄우지 말고 있는 그대로를 보기만 하는 것입니다. 소가 닭 보듯이 하라는 것입니다. 목적지도 시간도 잊어버리고 한발 한발을 그냥 멍하니 걷는 것입니다. 이것이 반복되면 '마음이라는 놈이 출몰하지 않는 시간'이 점점 길어지고, 계속 반복하면 무심의 상태가 지속됩니다. 세월아 네월아 하고 시공을 초월한 걷기를 하는 것입니다.

산마다 깔딱 고개가 있습니다. 여기서는 숨이 가쁘고 힘이 드니 괴로움을 느끼게 되고 따라서 마음의 작동으로 잡생각이 출몰합니다. 이럴 경우에는 경의 암송이 좋습니다. 한 걸음마다 성경 구절이나 찬송가 또는 불경을 흥얼거리며 오릅니다. 그러다 보면 마음은 잠재우고 어느새 정상에 도착하게 됩니다. 이 방법은 실제 30분 거리가 5분 정도로 느껴지는데 작은 시공 초월이며 일종의 축지법이지요. 관조(觀照)는 조급한 생각을 없앱니다. 조급한 마음은 시야가 좁고 판단이 흐려져 걷는 길이 괴롭게 되어버립니다. 자! 모두 멍청하게 걸읍시다!

위빠사나(Vipassana) 명상이 관조라고 할 수 있습니다. 석가모니 부처님의 보리수 아래의 명상 자세라고 합니다. 대상 물체를 볼 때 어떤 편견이나 욕구(생각)를 개입시키지 말라는 것입니다. 마음 활동을 자꾸만 정지시켜서 이것이 쌓이면 무심의 경지(無心의 境地)에 이르고 이게 바로 '눈에 보이지 않는 세계'를 보는 '요술창'이랍니다. 신의 동네를 본 것입니다.

자! 오늘도 모두 하염없이 걸읍시다!

Oct. 10.

어떤 선각자에게,

기자 어쩌면 그런 한결같은 모습을 유지할 수 있습니까?

선각자 나는 서 있을 때 그저 서 있고, 걸을 때는 그냥 걷고, 앉아있을 때는 그냥 앉아만 있고, 식사 때도 그저 먹습니다!

기자 그건 우리도 하는데요?

선각자 아니지요. 당신들은 앉아있을 때는 벌써 서 있고, 서 있을 때는 벌써 걷고, 걸어갈 때는 이미 목적지에 가 있지요. 식사 때도 맛없다, 짜다고 마구 마음(구별심)을 토해내구요!(따옴)

득도의 단계

쌀(米)이＋다르게(異:이) 바뀐 것이＝糞(분:똥)입니다.(연초부터 웬 똥 타령?!)

살아 있는 사람이 신이 되는 일은 없다고, 비록 깨달음의 경지에 도달하신 분이라 해도 섭취와 배설의 귀찮음(?)에서 자유로울 수는 없는 기라요.

절간 해우소의 풍경, OUT-LET된 낙하물의 반작용으로 똥물은 사정없이 튀어 오르는데,

- 초보 스님 : 지푸라기를 펴고 그 위에다 일을 보지요. 쿠션작용을 활용하는 과학적 기지의 발휘이지요.

- 중급 스님 : 천장 보에 밧줄을 걸고 타이밍에 맞춰 살짝 당겨서 몸을 들어 올리지요. 약간의 힘은 들지만, 안전거리 확보 및 유효사거리 이격이라는 한 차원 높은 전술적(Tactical) 지혜의 응용이지요.

- 고급 스님 : 튀어 오르는 물체에다 다음번 덩어리를 발사, 중

도에서 상쇄시키지요. 더 진보된 전략적(strategic) 차원의 요격 술로서 MDS(미사일 방어전략)에 해당되며 수행의 깊이가 엿보입니다.

- 특급 스님 : 아예 방사물이 물 표면을 따라 미끄러지게 발사하지요. 포물선 발사법으로서 오랜 수행으로 습득한 초고차원 내공이지요. 이쯤 되면 아예 적을 만들지 않음으로써 분쟁 자체를 원천봉쇄한다는 길고 깊은 수행의 결정체라 할 수 있습니다.

- 큰 스님 : 방사 후 3초 호흡에 맞추어 수평 방향으로 1 크리크 정도 몸을 살짝 피해 버리고는, "똉이 무서워서 피하나? 더러워서 피하지~~, 까짓것 내비도!! 올라오다 제풀에 내려갈 낀데~~, 뭣 땀시 두려워하고 대적하고 난리들인감?!!"(따옴 각색)

역시 큰 스님! 자연의 이치대로 물 흐르듯 살자는 야그 아니겠습니까?

명상의 기본 폼인 "있는 그대로 보자!" 아무 생각 없이 그저 스스로를 관조(觀照)하자는 가르침이 아니겠습니까?

상선약수(上善若水)라고 물과 같음이 최상의 도라는 것이지요.

비틀스도 "Let it be~(내비도~), Let it be~(내비도~)"라고 노래했습니다. 그냥 자연이 하는 대로 냅두라는 얘기입니다.(따옴, 각색)

Jan. 08.

＊우리나라의 기술인력관리는 초급기술자, 중급기술자, 고급 기술자, 특급기술자로 분류합니다. 큰 기술자라는 것은 없습니다. 인간의 기술이 아무리 뛰어나도 초월 지혜(3차원을 초월함=깨달음)에는 도달할 수 없다는 것입니다.

문門 : Door 이야기

절 입구 기둥에는 '입차문래 막존지해(入此門來 莫存知解)'라고 써 놓았습니다. 이 글을 책이나 인터넷에서는 "이 문을 들어서면 세상의 지식이나 차별의식은(분별력 아님) 버려라"로 풀이되어 있습니다. 포괄적으로는 이 뜻도 포함되겠습니다만 너무 소극적인 해석입니다.

이 글은 단지 절에 관광 왔거나 일상의 일을 보러온 방문객에게 하는 이야기는 아닐 것입니다. 이 글은 생을 걸고 출가(出家)를 결심한 수행자에게 주는 말(조언, 격려)일 것입니다.

위의 해석은 막존지(莫存知)를 세상의 온갖 지식이나 구별심으로 보았고 해(解)를 버려라 또는 내려놓아라(release)로 보았군요. 그래서 좀 더 적극적인 뜻으로 해석해 보면, 첫 글자 입(入)을 도(到)로 표시한 책도 있는데 원문인 선가귀감(禪家龜鑑 : 휴정)에는 '入'입니다. 래(來)는 '래자(來者)' 즉 들어온(此는 이쪽이므로 안쪽으로 봄) 사람, 출가자입니다. 고로 '이 문으로 들어온 사람은'으로 풀이됩니다. 막(莫)은 큰(거대한, 막대한=vast)의 뜻으로 존(存 : 있다, 존재한다)을 수식한다고 봅니다. 지(知)는 지(智)와 같은 의미인 지혜(智慧=진리)입니다. 해(解)는 이해(理解=깨달음), 즉 이해함으로 보아야 할 것입니다. 곧 지해(知解)는 진리를 이해함(터득함)이 됩니다.

전체로는 "이 문을 들어서는 그대는 크나큰 깨달음을 맛볼 것이다(진리를 터득하게 될 것이다)"가 되겠습니다. 이곳(절, 총림)에서 수행으로 영생의 길을 찾는다는 것입니다.

선가귀감의 신광불매 만고휘유 입차문래 막존지해(神光不昧 萬古輝猷 入此門來 漠存知解)는 전체 문장상 "신령한 빛이 밝아 만고에 비추며 이 문으로 들어오는 자 큰 깨달음을 이룰저"로 해석함이 타당할 것으로 사료됩니다. 우리는 수행으로 스스로 빛이 되어 절대세계(천국, 극락)에 든다는 것입니다.

같은 뜻으로 성경에서는 "두드려라. 그러면 열릴 것이다(Knock! And the door will be opened to you! : 마 7:7~8)"라 했습니다. 또 같은 뜻으로 "너는 내게 부르짖으라 나는 너에게 응답하겠고 네가 알지 못하는 크고 비밀한 일을 네게 보이리라(Call to me and I answer you and tell you great and unsearchable things you do not know : 예레 33:3)"고 했습니다. 천국의 문을 두드리는 자마다 그 영혼을 받아 준다는 뜻으로도 해석할 수 있을 것입니다. 성경은 이 문을 '좁은 문'이라 했고 세상을(세상에서 배운 잘못된 확신들을) 버리고 들어가야 한다고 했습니다.

　여기 말하는 문은 철제문이나 목제 문을 말하는 게 아닙니다. 마음속의 문입니다. 수행의 결심입니다. 혼자 문을 열기가 힘드니 절이나 교회에 가서 선각자의 도움을 받는 것이 빠르지 않겠습니까?

　위의 두 문(門)은 같은 문입니다. '영생의 문' 말입니다.

Nov. 02. h s oh

바둑 이야기 1

　바둑이 언제부터 있었는고 하면요, 중국의 요순(堯舜) 임금이 아들의 교육용으로 만들었다고 하기도 하며 혹자는 기록 이전인 복희씨 대(代)의 흔적인 하도(河圖)와 낙서(洛書)에다 그 뿌리를 두기도 합니다. 그런데 원래 바둑은 신들의 놀이라고 합니다. 그 간단한 원리와 무한대의 복잡함은 인간의 두뇌로는 도저히 만들 수 없다는 이야깁니다.

　옛날 어떤 나무꾼이 깊은 산에 업무차 갔다가 두 노인네가 바둑 두는 것을 구경했습니다. 한판이 끝나고 퍼뜩 정신이 들어 도끼를 잡으니 그 자루가 풀썩 삭아 있더라는 것입니다. 순식간에 30년이 흘러뿌렀다나~. 신선놀음에 도낏자루 썩는 줄 모른다는 어원의 그 장본인은 천기누설로 하늘의 법대로 처벌받았겠지만, 그 나무꾼의 커닝 덕택에 인간 세상에도 바둑이 퍼진 거라요.

　어쨌든 인간이 즐길 수 있는 이 세상의 놀이 중에서 가장 간단하면서도 가장 복잡한 형태가 바로 바둑입니다. '간단함은 복잡함과 상통한다'고 컴퓨터 프로그래밍이 간단한 2진법(0, 1)으로 되었지만 엄청나게 복잡한 계산과 많은 일을 처리할 수 있는 것처럼 바둑 또한 선과 후 두 착수와 백과 흑 두 말의 2진법으로 되어 있습니다. 간단한 직선인 씨줄 날줄은 361개의 절점을 만들고 어느 한 점에 착수했을 때 이의 대응점이 360개나 있으며 다음 대응 수는 359로 되니 그 수(手)는 개인 계산기로는 도저히 계산이 안 되는 양입니다.

사람마다 바둑 수(手)는 천차만별입니다. 9점 바둑자에게 9점 하수가 있습니다. 똑같은 바둑판이 반복될 확률은 없고 수(手)는 무궁무진하며 그 도(道)의 깊이는 심연 같습니다. 사각 판 위에는 인생살이의 진리가 있고, 자연의 질서와 우주의 조화가 있고, 전쟁과 평화, 절충과 화합, 파괴와 생산, 사랑과 욕심, 양보와 충돌 등 삼라만상 음양의 변화가 파란만장하게 펼쳐지면서 그 변화무쌍은 무량계에 달합니다.

바둑 9단을 '입신의 경지'라 합니다. 이건 신이 되었다는 게 아니고 신의 동네가 저만큼 보이는 곳까지 도달했거나 아니면 신의 영역에 한발을 들여놓은 정도입니다. '10단'하면 바로 신이 되어버리는 것인데 10단이 아무도 없는 걸 보면 '살아 있는 사람이 신이 되는 일'은 없는 모양입니다. 물론 신들은 인간들처럼 바둑을 두지는 않을 것입니다. 신들의 세계는 경쟁이 없답니다. 사실 바둑은 경쟁하는 놀이(게임)가 아닙니다. 신들의 바둑은 승부에 있지 않고 그냥 수담(手談)으로 상대의 마음과 교감하는 것입니다. 인간들은 경쟁과 승부와 우열 가리기를 좋아하여 바둑을 게임의 형태로 만들었고, 심지어 승부가 안 나니까 '반집 승'이라는 제도를 만들었습니다.

두 분의 신이 바둑을 두었습니다. 흑이 한 수를 척하니 착수하니, 백이 30분 장고 끝에 "자네 집이 더 많네! 허니 자네가 술 사게!" 둘이 가서 "먹세 그려 먹세 그려! 신나게 먹세 그려!!" 했다나 어쨌다나? 즉 바둑은 입신 전까지는 복잡하게 전개되다가 10단(신)이 되면 그냥 단순하게 되어 상대의 마음을 읽게 되니 착수 없이 한판이 끝난다는 것입니다. 복잡함은 수행으로서 단순함이 된다는 것입니다. 단순함은 깨달음입니다. 단순함은 성스러운 것입니다.(Sancta Simplita : 플라톤)

수행의 과정 또한 아프고, 힘들고, 얽히고설킨 많은 고행으로 깨달음에 도달할 수 있다고 합니다. 복잡함이 다 풀리고 영혼이 깨끗이 될 때 신의 경지에 들며, 이런 분은 육신은 있지만 이미 빛이 되어 후광(Aureole)이 밝게 빛납니다.

Dec. 11. 2006.

바둑 이야기 2

비록 고령일지라도 바둑을 계속 즐기면 치매 예방과 수행(道)의 두 효과를 거둘 수 있습니다. 실제로 바둑 수가 계속 유지되고 있으므로 뇌의 활동이 후퇴하지 않음이 증명됩니다. 바둑은 많은 수를 가지고 있습니다. 한예원 고수는 "연세가 드신 분들도 바둑 수가 늘어간다"고 했습니다.

그런데 요즘 알파고라는 프로그램(Soft-ware)을 장착한 컴퓨터(Computer)로 세계바둑을 제패해 보겠다는 사람들이 나왔습니다.

결론적으로 이들의 행위는 바둑의 도(棋道)를 모욕하고 있습니다. 서양에도 바둑이 제법 전파되어 있지만 극동 3국을 제외한 나라의 사람들은 바둑의 근본 바탕에 깔린 정신을 모르며, 바둑이 인간의 수행(修行)을 위한 하나의 도(道)라는 사실도 모릅니다. 바둑은 원래 신들의 놀이로서 승패를 위한 놀이가 아닙니다. 신의 경지인 최 고수들은 항상 대국을 비겨버리는데 승패를 좋아하는 분들이 반집 승을 만들어 버린 것입니다.

바둑은 사람 간에 행하는 수행의 한 수단입니다. 사람과 기계

(Computer)와의 대국은 이미 바둑(棋道)이 아닙니다. 바둑은 수담(手談)이며 정다운 대화입니다. 바둑판 위에는 우주의 진리가 있습니다. 자연의 섭리와 인생살이의 진리가 있습니다. 그 속에는 전쟁과 평화, 절충과 화합, 파괴와 생산, 사랑과 양보, 욕심과 충돌 등 온갖 감정이 있습니다.

바둑은 산수(수학 셈본)가 아닙니다. 컴퓨터는 집 수의 다소(多少)에 따른 승패만 따집니다. 컴퓨터 프로그래밍은 어느 하나의 착수에 대응하는 수많은 경우(Case)의 수(手)를 도출하여 그것을 하나하나 놓아보고 대응 수도 검토하여 그중에서 가장 적합한(확률이 높은) 수(手)를 결정하여 착수(着手)하는 그냥 통계학의 확률 산출일 뿐입니다. 결국 컴퓨터의 기억용량이 사람의 기억용량보다 크다는 결과일 뿐입니다.

사람과 기계와의 대국에는 심리전이 없습니다. 올림픽에서 우승한 박정환 입신도 정신력에서 이긴 것입니다. 바둑도 심리 상태가 승패를 좌우합니다. 그러므로 컴퓨터가 사람을 이겼다고 놀라워할 게 하나도 없지요. 그래서 컴퓨터는 컴퓨터끼리 프로그래밍(Soft-ware) 개발의 우수성으로 승패를 결정함이 마땅하지요.

이런 컴퓨터를 한판 이긴 이세돌 입신도 대단한 양반이지만, 바둑 고수들의 두뇌는 일반인과 조금 다릅니다.

TV 쇼에 두 젊은 고수가 나왔는데 이들은 바둑판도 없이 허공을 바라보고 좌표를 읽으며 대국을 했습니다. 이것은 뇌의 기억

세포 배치와 기능 범위가 보통 사람과는 다르다는 뜻일 겁니다. 또 자폐아 두 명이 나왔는데, 이들은 지하철 전체 노선을 10분간 보고 난 뒤 진행자가 묻는 역 이름과 역 번호를 지체 없이 대답했습니다. 이것은 소위 우리가 무엇을 외운다는 기억력하고는 사뭇 다른 차원인 것 같습니다. 본 것이 뇌 속에서 사진처럼 찍히는 것 같습니다. 그렇다면 이 화면을 보는 것은 무엇일까요? 선각자들이 말하는 그 '나 속의 나'일까요?

불상의 가늘게 뜬 눈은 밖을 보는 게 아닙니다. 바깥 물체에 초점을 맞추지 않고 안으로 보는 눈입니다. 참 나를 찾는 것입니다. 자! 모두 안을 봅시다.

바둑 이야기 3

바둑은 도(道)입니다. 오랜 옛날부터 수행(修行)의 한 방법으로 전해온 기도(棋道)입니다. 오늘날은 프로바둑의 탄생으로 기도로서의 격이 좀 하락하였고 덩달아 아마추어 바둑도 오락이나 게임 정도로 생각해 버립니다. 그래도 프로바둑은 상금의 고하를 떠나 그 권위가 높고 프로기사들의 위상도 매우 높습니다. 유단자라고 하면 무엇보다도 그 두뇌가 특출하니까요. 바둑에 입문하면 그것으로 수행의 길에 들어선 것이지만 일반적으로 유단자가 되어야 도(道)의 반열에 오른 수행 코스로 볼 수 있겠습니다.

바둑이 수행의 한 수단인 것은 바둑의 단계(초단~9단)가 석가모니 부처님 시절부터 있어왔다는 수행의 8단계(사성제와 8 정도)처럼 그 단계별 수행의 경지가 같다는 것입니다. 고로 바둑도 깨달음에 이르는 수행방법입니다.

전래하는 바둑의 수행단계

- 초단(初段)을 수졸(守拙)이라 하며 "졸렬하지만 저 스스로 방어

할 능력이 있다."입니다.

이것은 8 정도의 제1단계인 정견(正見 : 바른 견해)에 해당되며 초보 과정을 끝낸 스님이 스스로 수행자임을 깨닫고 어떠한 외력에도 흔들리지 않는 마음가짐처럼, 기도(棋道)수행의 자세가 확립된 상태입니다.

- 2단(二段)은 약우(若愚)라 하며 "일견 어리석어 보이지만 나름대로 움직인다."이며 여기서 若은 '야'이며 지혜를 뜻합니다. 수(手)의 씀에 지혜가 엿보인다는 뜻입니다.

이것은 8 정도의 제2단계인 정사유(正思惟 : 바른 생각)에 해당되며, 욕망과 악으로부터 자유로울 수 있는 수행단계에 도달함입니다. 바둑에서의 욕심은 곧 패배를 동반합니다. 약우는 욕심 초월의 경지입니다.

- 3단(三段)은 투력(鬪力)이며 "싸울 힘을 갖추었다."입니다. 정석을 기본으로 억지수나 속임수를 일절 쓰지 않는 자세와 기량의 완성입니다.

이것은 8 정도의 제3단계인 정언(正言 : 바른말)에 해당되며 진실만 말하며 남에게 해가 되는 말은 일절 하지 않는 경지에 도달됨입니다.

- 4단(四段)은 소교(少巧)이며 "제법 기교를 부릴 줄 안다."입니다. 대국에서 제법 전술적 운용을 할 수 있는 경지입니다.

이것은 8 정도의 제4단계인 정업(正業 : 바른 행위)에 해당되며 바르고 옳은 생활을 영위하며 꾸밈없는 생활을 터득한 경지입니다.

- 5단(五段)은 용지(用智)이며 "싸움의 기교를 떠나 지혜(智慧)를 쓸 줄 안다."입니다. 상대의 움직임에 대하여 강약을 조절, 전진 후퇴의 지혜로운 사리판단이 가능한 경지입니다.

  이것은 8 정도의 제5단계인 정명(正命 : 바른 생활)에 해당되며 옳은 일(직업)을 가지고 규칙적인 생활을 영위하는 바른 자세를 완성한 경지입니다.

- 6단(六段)은 통유(通幽)이며 "그윽한 경지에 이르다."입니다. 깊고 오묘한 경지, 침묵의 경지입니다. 고요하고 정지된 마음의 상태이며 흔들리지 않는 고수입니다. 이 경지는 승패는 문제가 되지 않습니다.

  이것은 8 정도의 제6단계인 정정진(正精進 : 위대한 노력, 자비)에 해당되며 자비행의 실천, 즉 악을 피하고 선을 발전 유지하는 수행의 경지입니다.

- 7단(七段)은 구체(具體)이며 "모든 것을 두루 갖추어 완성에 이른다."입니다. 자기의 완전한 이념과 형식을 갖춘 상태로 잘 익은 경지입니다.

  이것은 8 정도의 제7단계인 정염(正念 : 바른 의식)이며 관조로서 자신을 보며 의식의 확장으로 신 의식과 연결된 경지입니다.

- 8단(八段)은 좌조(坐照)이며 "앉아서도 삼라만상의 변화를 훤히 내다볼 수 있다."입니다. 단 한수로도 전체의 전개를 조명할 수 있는 높은 경지입니다.

이것은 8 정도의 제8단계인 정정(正定 : 삼매)입니다. 이로써 의식은 신 의식과 합일되며, 앉아 삼만리 서서 구만리를 보는 통안이 됩니다. 즉 득도입니다.

- 9단(九段)은 입신(入神)이며 "신의 경지에 이르렀다."입니다. 신의 동네 입구에 한 발을 들여놓았지만 살아있는 사람이 신이 되는 일은 없다고 육신을 벗기 전이니 아직은 신이 아니지요. 8 정도에서는 정정(正定 : 삼매)까지 수행으로 보았는데 득도(得道)는 8 정도(8精道) 전 과정을 마스터했다는 뜻이 됩니다. 즉 무아(無我)입니다. 천상(極樂) 입성은 육신을 벗어야 가능한 것이지요. 득도 후 마을에 내려가서 중생 제도하는 경지가 바둑 9단과 같다고 볼 수 있겠습니다.

- 10단(十段)은 신(神)입니다. 허나 육신이 살아있는 신은 없습니다.

한 수 한 수 돌 하나하나에 도(道)가 깃들여 있습니다. 세상살이도 일거수일투족이 모두 수행과정입니다. 자! 모두 속 알맹이를 텅텅 비웁시다.

수행과 컴퓨터

　수행(修行)에는 지름길이 없습니다. 깨달음에 이르는 길은 많은 시간과 노력이 필요하며 '끊임없는 정진'이 요구됩니다. 그래서 누군가는 수행 길을 고행의 길이라고 했습니다. 아무나 깨달음을 득할 수 없다는 말이지만 누구나 모두에게 깨달음이 허용되어 있습니다.

　오늘날 컴퓨터라는 요물이 있어 많은 젊은이가 이것이 모든 것을 해결해 주는 줄 알고는 이것을 이용하면 무엇이나 단번에 처리해버릴 수 있다고 믿고 있습니다. 또 컴퓨터와 인스턴트에 중독되어 한방의 클릭으로 모든 것이 이루어질 것으로 착각하고 있습니다. 이들은 컴퓨터가 요술을 부릴 때까지의 준비 과정인 기초과학이나 하드웨어 소프트웨어 및 프로그래밍의 발전 과정을 알지 못하기 때문입니다. 자동차를 만들지는 못해도 운전은 하는 것과 같습니다. 클릭 한 번으로 많은 결과(열매)를 얻게 되니 편리만 추구하게 됩니다. 전기(전력) 하나만 없어지면 다 사라지는 이 환상일 뿐인 화려한 가상 속의 무지개를 마치 이 세상에 처음부터 있었던 것으로 알고 있습니다. 클릭 한 번에 성경도 불경도 튀어나오니 천국을 가기 위한 수행도 컴퓨터로 쉽게 편리하게 할 수 있을 것으로 생각하지나 않는지 걱정됩니다.

영혼(의식)의 세계는 20차원까지 있다고 합니다. 인간은 고작 3차원에서 살면서 컴퓨터가 있다고 껍죽댑니다. 만일 자연 현상의 이변으로 전기가 없어지면 인간은 당장 내연기관만 이용할 수 있거나 19세기 이전의 농경사회로 돌아가 버립니다. 사람들은 인공지능 시대가 도래했다고 난리들인데 이것은 지식 능력을 높였을 뿐입니다. 뇌의 능력을 향상시킨 것과 같을 뿐 인간의 의식체(영혼)가 관장하는 감성(영성)은 컴퓨터로써 접근할 수 있는 게 아닙니다.

고차원의 세계에 들어가는(깨달음에 이르는) 데는 컴퓨터는 아무 소용이 없습니다. 컴퓨터와는 서로 다른 길이니까요. 영혼의 세계에서는 현재의 인류문명도 잠깐이랍니다. 일본의 한 영지도자는 이 지구에서 많은 인류문명이 성하고 멸망했는데 그중에는 컴퓨터 문명 이상의 문명도 있었답니다.

어쨌든 참깨를 볶아서 심는다고 볶은 깨가 열리는 게 아니고 클릭 한 번으로 곡식과 과일을 열리고 익게 할 수는 없습니다. 볍씨파종, 모심기하여 쌀이 될 때까지 어디 생략할 수 있는 과정이 하나라도 있나요? 매일 하는 발 씻기도 양말을 벗어야 가능한 것입니다. 수행 또한 클릭 한 번으로 깨우침에 도달할 수는 없습니다. 클릭 한 번으로 천국에 도달하는 방법은 없습니다. 기나긴 인내의 기도만이 가능한 것입니다(야고보 5장).

특이점(Singularity : 컴퓨터가 인간의 능력을 넘어서는 점)은 오지 않을걸요? 아마 하늘이 허락하지 않을 겁니다.

사십 대에 깨달음을 성취한 분들이 많다고 합니다. "그럼 우린 늦었네!?"라고 생각들 하지 마세요. 고령에 득도한 거사들도 많습니다. 우린 모두 노익장이니까요.

Oct. 14. 2005.

숨 이야기 1

조물주께서 흙으로 인간을 만들고 여기에 숨(생기=생명력)을 불어 넣은 것이 목숨이라고 합니다. 숨을 시작으로 생명체의 모든 기관이 움직이므로 숨을 생명의 고향이라고 합니다.-성경

숨을 단순히 호흡을 뜻하는 것으로 인식해버리는데, 사실은 숨 자체가 생명체이고 또 하나의 피조물이라고 합니다. 숨이 하는 일은 생명 유지에 필요한 에너지(공기) 수송뿐 아니라 인간이 죽으면 그(영혼)가 갈 곳으로 인도하는 일까지 하기 때문에 '영혼 세계의 목적지' 또는 태양이라고 부른답니다.-티벳 사자의 서

숨은 들숨과 날숨이 있고 그 사이에 틈 숨이 있는데 생명의 역사는 바로 이 틈 숨에서 이루어진다고 합니다.-우파니샤드

즉 인간이 창조한 내연기관(엔진)도 흡입-압축-폭발-배기의 4행정 중 압축에서 에너지가 만들어져 힘(운동)이 발생하는 것처럼 이 틈 숨에서 생명체의 모든 움직임을 만들어낸다는 것입니다.

명상(瞑想)에서도 이 틈 숨을 매우 중요시하는데, 선정(禪定=사맛

디)에 도달하는 하나의 방법으로 들숨이 끝나고 날숨이 시작되기 전의 그 틈새를 집중적으로 붙들고 늘어지는 수행인데, 이 바늘 끝보다 작은 틈새에다가 자아를 쑤셔 넣다가 보면 오만가지의 관념과 상념과 망상이 저절로 떨어져 나가고 그 순간 영혼의 성소는 텅 빈 공(空)의 상태가 되니 여기에 살포시 신이 들어와 앉게 되며 이게 자꾸만 쌓여서 어느 날 홀연히 침묵 속에서 빛을 보게 되며 신의 소리(소리 없는 소리 : Soundless sound)를 듣게 된다는 것입니다.

깨달음은 수많은 고행으로 얻어진다고들 하지만 어떤 거사님은 "깨달음은 세수하다 코 만지는 것만큼 쉽다"라고 했습니다. 출가수행인이 아니라도 일상에서 탐·진·치(貪瞋癡)를 제거한 고요한 삶으로 깨달음을 이룰 수 있다는 것입니다.

이쯤에서 공짜라고 해서 성의 없이 숨 쉬는 버릇은 버리고 한 숨 한숨 의미 있는 숨쉬기를 하자고 제안합니다. 틈 숨을 공략하는 숨쉬기 말입니다.

자! 차분한 마음을 유지하면서, "숨을 쭈~~욱 들이키고 그 끝에서 머물며 신을 부르고~ 천천히 내뱉고~"(반복)

"예?! 이해가 안 간다고요? 그렇다면 그냥 납득을 하세요, 납득을~~!"

June. 10. oh.

숨 이야기 2

숨은 목숨입니다. "하나님이 땅의 흙으로 사람을 지으시고 '생기'를 코에 불어 넣으시니 사람이 '생령'이 되었다" 창:2-7입니다. 여기서 생기(生氣)는 영 에너지(靈 Energy)입니다. 영 에너지가 생명력이랍니다. 사도신경의 끝부분인 영원히 사는 것(Life everlasting)입니다. 또 '생령이 되었다' 함은 하나님의 일부인 성령이 들어 있는 생명체라는 것입니다. 육신에 영혼이 깃들었다는 뜻입니다. 육신은 영원히 살 수 없습니다.

코에 불어 넣은 생기로 인해 호흡을 하는데 이것이 생명을 살아있게 하는 원동력입니다. 이 호흡(들숨 날숨)을 관장(Control)하는 피조물이 숨이랍니다. 숨의 제1 업무는 호흡 제어이고 제2 업무는 영혼의 수송입니다(티벳불교). 곧 숨은 천사라 할 수 있겠습니다.

호흡에 의해 육신의 생명이 유지됩니다. 호흡(呼吸 : Breath, Respiration)은 호(呼 : 날숨 : Expiration)와 흡(吸 : 들숨 : Inspiration)인데 여기서 우리는 날숨이 먼저 시작되었다는 것을 분명히 알 수 있습니다.

산소를 들이켜기 위해서는 내부(허파)가 비어 있어야 되므로 내부 폐기물의 배출이 호(呼)입니다. 입주하기 전에 건축공사 잔유물을 먼저 청소하는 것과 같습니다. 이것으로 날숨이 먼저냐 들숨이 먼저냐는 저절로 판명되었습니다. 이것은 비워야만 채워지는 이치입니다(노자). 사람마다 자기 그릇은 한정되어 있으니 지갑이 채워졌으면 얼른 비워야 합니다. 그래야 또 지갑이 채워집니다. 서산대사는 "들이마신 숨을 내뱉지 못하면 죽음이다"라 했습니다. 버리는 게 중요합니다. 다 버린 상태가 곧 깨달음입니다.

실제로 우리가 누구를 부를 때는 날숨(呼) 시에만 가능합니다. 그래서 이름을 지어 부르는 것을 호칭(呼稱)이라고 합니다. 모든 표현도 날숨 시에만 가능합니다. 들숨(吸) 시에는 말도 노래도 아무것도 할 수 없습니다.

비노바 바베(간디의 제자)의 호흡명상을 소개합니다.
"들숨에 라마를 불러라! 날숨에 하리를 불러라!"
숨을 쉴 때마다 계속 라마와 하리를 부르는 명상으로, 라마는 주신이고 하리는 청결 신입니다. 라마는 신에 귀의함이며, 하리는 욕망의 소멸입니다. 우리는 각자 자기가 믿는 신을 부르면 될 것입니다. 비노바 바베는 평생을 자파(라마 하리를 염송함)와 디야나(선)와 아차라나(행=실천)를 행함으로써 깨달음을 성취하고 인도의 성인반열에 올랐습니다.
우리가 신을 부를 때 (염 수행을 하든 묵언 수행을 하든) "호흡은 육신의 생명을 유지시켜주는 원천 에너지"라는 것을 인식하고 있어야 한답니다.

숨은 우리를 저승까지 인도하는 천사입니다. 공짜로 쉬는 숨에 감사합시다.

그래서 "범사에 감사하라! : Give thanks in all circumstances!" 라고 한 것입니다. 어떠한 상황일지라도 감사를 하라는 것입니다. 여기서 Give는 (누구에게) 감사를 주라고 되어 있는데, 그 누군가가 바로 인간을 만들어 그 콧구멍(nostrils)에 숨(breath)을 불어 넣어준 조물주(GOD)입니다.

욕심慾心

순수마음이 원래 마음입니다. 오염되지 않은 마음이지요. 언제 부터인가 사람들에게 '구별심(차별심)'이 생기게 되었습니다. 좋다 나쁘다 하는 마음입니다. 이것이 마음의 오염이고 순수마음(원래 마음)에 때가 낀 것입니다. 구별심은 나와 남을 비교하는 마음입니다. 이놈이 발전하니 '남이 가진 것을 보고 나도 가지고 싶다'라는 마음이 생기는데 바로 초기 욕심입니다.

"인간은 재물이 많을수록 욕심은 더 많아지고, 자비(사랑)는 더 줄어든다."고 했습니다. 톨스토이의 「어떻게 작은 악마는 빵 한 조각의 값을 치렀는가」를 보면 사람의 욕심이 커지는 과정을 잘 나타내고 있습니다. 점심 도시락이 없어진 것을 알고 "허허! 나보다 더 배고픈 사람이 있었던 개벼!" 했던 농부는 부지런히 일하여 땅을 점점 넓혔고, 제법 부자가 된 후에는 가난한 사람을 경멸하게 되었고, 큰 부자가 되니 부자 친구들을 불러서 술(악마의 음료수)을 즐기는 데 몸속의 피는 술 한 잔에 여우 피로 변하고 술 두 잔에 이리 피로 변하고 술 석 잔에 돼지 피로 변합니다. 이렇게 부자는 악마의 장난으로 사랑을 잃게 되고 그 영혼이 타락되어 천국과는 멀어질 수 있다는 이야깁니다. 물론 모든 부자가 다 그렇다는 이야기는 아닙니다.

욕심(欲心)은 욕심낼 欲(욕)에 마음 心(심)으로 마음의 오염이 시작되며, 욕망(欲望)은 가지려고 하는 강한 욕구이며, 탐욕(貪慾)은 남의 것을 불합리한 방법으로 가지려는 마음입니다. 탐욕은 인간이 짓는 악업(惡業) 중의 의업(意業 : 마음으로 짓는 나쁜 행위)에 해당합니다. 인간의 오욕(五慾)은 육체적인 것으로는 식욕, 수면욕, 성욕이고 정신적인 것으로는 재(물)욕, 명예욕입니다. 이것을 자기 것이 아닌데도 불법(불합리)으로 취하려고 하면 탐욕(貪慾)이 됩니다. 이 모든 것을 다 가지려고 하는 것이 권력욕입니다. 권력욕은 그 피해 범위가 가장 넓고 그 결과가 치명적입니다.

탐욕이 충족되었을 때 본인은 기쁘겠지만 그 충족 대가는 스스로 짊어져야 할 악업(惡業)이 되어 자기의 의식체(영혼) 내의 디스크(disk, 업장 : 業藏)에 낱낱이 저장됩니다. 이 업(業)은 반영혼적 행위(진리에 거스르는 행위)일 때 자기 스스로 책임져야 합니다. 언젠가는 원인 결과의 법칙으로 나타나지요.

욕심은 그것이 단체로 나타나면 편 가르기가 되고 그 힘은 구성원 전체의 이성을 마비시켜 끝내는 공멸의 길로 들어갑니다.

결국, 그 사회는 지옥처럼 되고 맙니다. 이 공멸을 피하는 방법은 정의뿐입니다.

개인의 욕심은 그가 저승에서 천국으로 가느냐, 아니면 지옥으로 가느냐를 판가름하는 바로메타입니다.

본래 마음은 신의 마음입니다. 이것은 참마음입니다. 신 의식이며 영과 혼 그 자체입니다.

인간의 마음은 욕(欲)이라는 오물이 붙어 있는 마음(心)입니다. 이것은 가짜 마음입니다. 가짜이므로 헛것 즉 허상입니다. 허상을 보고 진짜라고 착각하는 것입니다. 어떤 이는 "욕심이라는 동기유발 때문에 인류문명이 발전했다"고 합니다. 참 저차원적 이야기이군요. 우리가 보는 이 세상이 허상인데 문명이라고 하여 실상일까요? 가짜인 내 마음이 보는 문명이므로 허상입니다. 수행의 목표는 마음에 달라붙어 있는 욕(欲)이라는 놈을 제거하는 일입니다. 마음을 없애버리는 것, 무심(無心)이 되는 것입니다. 무심이 신의 마음이며 곧 신과 합일입니다.

웃숨

웃음, 즉 웃숨은 '위에서 내려 준 숨'이라고 합니다. 위는 하늘입니다. 하늘은 인간에게 3숨을 주었는데 그것은 목숨(생명력), 말숨(말씀=복음), 웃숨(웃음)입니다. 조물주의 천지창조 시 흙으로 인간을 빚고 여기에 호흡(숨)을 불어 넣은 것이 목숨이며 맨 마지막으로 창조한 것이 웃숨(웃음)입니다. 인간에게만 준 보너스이지요. 그래서 소가 웃는 건 불가능한 일입니다. 웃음의 창조로 모든 창조공사가 끝났다고 해서 웃음을 '창조의 완성'이라고 한답니다. 성경의 창세기 편은 웃음 찬미의 장이라 하는데 "웃음은 축복의 통로이며, 구원의 표(Ticket)이며, 웃는 자만이 신과 만난다. 웃음은 희(喜), 곧 기쁨이다."라고 했습니다.(이윤재 목사 설교에서)

석가모니 부처님과 가섭존자(마하 가샤파) 간의 윙크인 염화미소(捻華微笑) 역시 웃음이 해탈의 수단이며 진리의 통로라는 것을 잘 나타내지요.

사람들은 웃음의 중요성을 잘 모릅니다. 웃음은 하늘과 연결되어 있다는 사실을 모릅니다. 그러니 혹자는 늘 엄숙한 표정으로 고개를 뻣뻣하게 들고 긴장하여 지옥 정문의 보초 같은 자세를 유지하며, 혹자는 일상생활의 힘겨움에 피곤하고 괴로운 얼굴이며, 또 일부 위정자들은 책임을 남에게 떠넘기기 바빠 웃음이 없습니다. 죄지은 사람, 욕심 많은 사람도 웃지 못합니다.

수행자는 웃지 못하게 될 건수를 아예 원천봉쇄 해야 하며 아무리 괴로워도 웃음을 잃지 말아야 합니다. 웃음은 사람의 근육을 일제히 움직여서 만병을 물리치며 영혼이 맑게 정제된다고 합니다.

톨스토이는 웃음을 '영혼의 음악'이라 했습니다.

좀 얼빠져 싱글벙글 웃는 바보, 이런 분은 모든 윤회를 끝내고 영생으로 갈 사람이라 합니다.

즐거울 때까지 기다리지 말고 먼저 웃어보면 즐거워진다고 합니다. 거울은 자기에게 웃는 자에게만 웃어준답니다. 못생긴 얼굴도 거울 앞에서 계속 웃다 보면 성인의 얼굴이 된답니다.

세상에는 웃을 일이 천지삐까리입니다. 꽃가게의 장미도 웃고 있네요!

가수 이용복 씨는 항상 웃고 있습니다. 그는 어느 날 인터뷰에서 "나는 눈으로는 세상을 볼 수 없지만 다른 사람이 못 보는 것을 본다."라고 했습니다. 그가 항상 웃는 걸 보면 분명 그는 천국을 보는 게 아닐까요?

"에~ 웃음이 안 나올 때는요 친구를 만나는 게 좋습니다. 그래도 웃음이 안 나오면요, 친구한테 발바닥을 살살 긁어 달라 하세요. 아마 자지러질걸요!?"

Oh.

일체유심조一切唯心造

팔만대장경을 커다란 가마솥에 몽땅 털어 넣고 푹 고우면 그 마지막 남는 엑기스는 마음 심(心)자 하나랍니다. 이 마음(心)이라는 놈은 인간이 고뇌(苦惱)에게 붙잡히는 멍에도 되고 고뇌로부터 탈출할 수 있는 열쇠도 됩니다. 다루기 나름입니다.

우리가 많이 들어온 일체유심조(一切唯心造)는 보통 "마음이 온갖 희로애락(喜怒哀樂)을 만든다"는 뜻으로 쓰입니다. 또 선각자 김원수 님은 이것을 "모든 현상은 자신의 업식(業識)이 만들어 낸 환상이다(화엄경)." 또 "마음 밖의 모든 현실은 자신의 선입견(착각)이며, 본래 없다, 공(空)이다(금강경)."라고 설명했습니다.

그런데 수행자에게는 다른 의미가 있기도 합니다. 이 말은 수행처에서는 '일절유심조'가 적절합니다. 왜냐하면, 괴로움은 누구에게나 다 있지만, 특히 "수행자는 그 마음의 상태(마음가짐)에 따라 득도하고 못 하고가 결정된다"는 뜻이 내포되어 있기 때문입니다. 여기서 '切'는 체가 아니라, 간절할 절이며, 지성스럽고 절실함이며 수행의 기본자세입니다. '唯(유)'는 오직(Only) 보다는 수행자 개개인(Each, Personal)이 됩니다. '造(조)'는 지을 조(만듦)라기 보다는 이룰 조(성취)로 해석함이 타당합니다.

고로 일절유심조는 "마음먹기에 달렸다"인데 그 본뜻은 "온갖 괴로움(苦:고)으로부터 탈출(득도)은 개인의 절실한 수행으로 성취되며 그 결과 깨달음(신과 합일=의식확장의 완성)에 이를 수 있다"가 되겠습니다.

같은 의미로 기독교에서는 "God help those whom help themselves : 하늘은 스스로 돕는 자를 돕는다"라고 했으며, 이 말씀 또한 각자 믿음의 깊이만큼 빛에 도달할(빛이 될) 수 있다는 것입니다.

이슬람(Islam)에서도 "No-on can has portion more than that what Allah has assigned to him : 신이 허용한 만큼만 가질 수 있다"고 했는데 누구나 노력(수행)한 만큼 신에 접근할 수 있다는 것입니다.

이론이 좀 길었네요!. 사실 수행(修行)에는 이런 이론 따위는 아무짝에도 쓰잘데기가 없다고 합니다. 수행은 몸으로 해야 한답니다. 몸(행동)으로 하는 수행이 호박이라면 이론수행은 굴밤이며, 굴밤 백번 굴러봐야 호박 한번 구르는 것만 못하다는 야그입니다. 절에 가는 이는 삼천 배 하고, 교회 가는 이는 기도 열심히 하고, 모스크 가는 이는 히프를 높이 들어 절하고, 또 모두 몸을 날려 '자비(사랑)의 실천'을 끊임없이 해야만 의식확장의 끝이 보이고 신과 합일이 이루어진다는 것입니다.

달마 라인(Line)의 제6조 혜능선사는 일자무식이었는데도 그 가람에서 가장 먼저 깨달음을 이루었고 또 5명의 기라성같은 제자를 배출했습니다.

바보 주리반득(츄라판타카)도 부처님 제자 중 제일 먼저 깨달음에 도달했답니다.

이들은 글자를 모르니 이론이 없고 지식까지 없으니 그냥 몸(행동)으로 수행한 것입니다. 이론과 지식은 수행에 방해가 될 수도 있다는 것입니다. 나이 들어 몸으로 하는 수행 쉽지 않지요. 먹고 살기에 전념하다 보니 너무 늦게 수행을 시작한 탓입니다. 그러나 시작이 반입니다. 시간이 문제가 아닙니다. 일절유심조이니까요.

자! 깨달음을 얻겠다는 욕심까지도 버려야 된답니다. 이승에서는 그냥 입문하여 원(또)을 세운 것으로 천만다행으로 생각합시다.

입과 묵언 수행

많은 재앙(災殃)이 사람의 입으로부터 비롯됩니다. 입은 재앙이 나오는 문입니다. 판도라의 상자가 열리면서 온갖 재앙들이 우르르 쏟아져 나왔는데 이 상자의 뚜껑이 바로 인간의 입이랍니다. 실락(失樂) 이전에는 사람에게 말이라는 게 없었답니다. 그때는 서로 간의 의사전달을 눈으로 했다고 합니다. 입은 영양섭취에 주로 쓰였으며 가끔은 노래 부를 때나 키스 또는 뽀뽀할 때 사용했을 것으로 추측됩니다. 인간의 의식체 속에 구별심(차별심)이라는 마귀가 침입한 사건이 실락이라 합니다.

말(言)은 생각이라는 에너지가 소리라는 매개체에 의하여 사람의 입을 통하여 토해내어 지는 현상입니다. 오늘날 인간들의 의사전달방법은 주로 말인데 이것은 태초의 '눈빛 의사전달방법'에 비하면 매우 불완전한 의사전달방법이라는 것입니다. 그도 그럴 것이 생각을 조종하는 놈이 바로 마귀(오염된 마음)인데, 이놈이 생각을 말로 바꿀 때 사람들 간의 이간질이 그 목적이므로 불완전한 정보전달이 되도록 맹글어 버린다는 것입니다. 이래서 선각자들이 "진리와 사물을 언표(言表 : 말로 나타냄)하면 그 순간 그 본질을 벗어난다"고 한 것입니다.

노자는 "말로 표현된 진리는 더 이상 진리가 아니다 진리는 내 경험으로 알려진다"라 했습니다.

이스라엘 말 '디아블라스'는 마귀라는 뜻인데 여기서 디아는 사이, 틈새이며 블라스는 분열입니다. 틈 사이에 끼어들어서 사람들을 분열시키는 데는 말보다 더 성능 좋은 도구가 없습니다. 긴 세월 동안 마귀들의 작전이 제법 성공을 거두니 요즈음은 마귀들이 인간의 의식(意識)까지도 지배하려고 시도하고 있습니다. 오늘날 사람들의 언행 속에 그 징후가 보입니다.

법정 님은 "말은 재앙이다. 말이 많고 생각이 많으면 진리에서 멀어진다. 함부로 입을 놀리거나 원망하는 말을 하면 안 된다. 입은 곧 자기 몸을 치는 도끼요 칼날이다. 진리에서 나오는 말이 아니면 모두 소음이다. 공허하고 헛된 말은 남의 가슴에 못질하는 구업(口業)이 된다"고 했습니다. 말이 수행에 방해됨과 인과법칙을 설명했네요.

묵언(黙言)이야말로 수행(修行)의 기본자세라고 합니다. 여기서 묵(黙)은 검은(黑) 개(犬)를 말하며 검은(영리한) 개는 일단 적이라고 판단되면 짖고 자시고 할 것도 없이 곧바로 깨물어 버리는 티벳 개입니다. 곧 묵언 수행(黙言修行)은 직접(directly) 그곳(침묵의 세계＝사맛디)으로 진입하는 수행법이라는 것입니다. 성철 님의 '고요(침묵)-밝아짐-맑아짐-보임'의 수행 코스 말입니다. 고요는 마음적, 언어적 침묵 모두를 말하는 것입니다.

성경에 "혀를 지배하는 사람(말에 실수가 없는 자)이 온몸을 지배한다."고 했습니다.(야고보 3장)

우리 조상님들은 '입시울 가배야운 사람'을 매우 경계했습니다. 그래서 노래했습니다.

"혀는 불이다! 몸을 더럽히는 지옥 불이다! 입술을 닫아라! 입술은 혀가 헛소리 못 하게 보초를 잘 서라! 꼭꼭 잠구어라!"

어린이나 지적장애인들의 마음을 보세요. 그 속에는 아름다운 신의 세계가 있습니다. 이들에게는 틈새도 분열도 마귀도 없습니다.

님네들! 늙으니 저절로 입이 닫히지요? 바로 세월이라는 신비한 약효 때문입니다.

Nov. 10.

제5부

자비慈悲 이야기

의식意識 : Consciousness 1

　세상의 만물 중에 의식을 가진 것은 인간뿐이랍니다. 불가에서의 불성은 영혼과 같은 뜻으로 볼 수 있겠습니다. 의식체 또한 영원한 생명력을 가졌기로 영혼이라 할 수 있겠습니다. 의식은 영혼(의식체)에 내포(장착)되어 있는 분별력입니다. 즉 '진리와 비 진리를 분별할 수 있는 능력(힘)'이라고 정의할 수 있겠습니다.

　의(意)는 사전에 '뜻'이라고 풀이되어 있습니다. 의미라고도 하며 생각 자체를 말하기도 합니다. 의(意)는 불경에서 이르는 육근(六根)인 안(眼), 이(耳), 비(鼻), 설(舌), 신(身), 의(意) 중 끝의 意를 말합니다. 앞의 다섯 감각은 동물에 다 있지만 '의'는 유독 인간에게만 있습니다. 意는 마음(心)의+소리(音)입니다. 즉 '소리 없는 소리(Soundless sound)'입니다. 동물에는 없는 마음의 느낌이라 하겠습니다.

　의(意)는 저절로 생긴 게 아니라 사람을 인간(人間 : Human-being)이게 하는 근본요소이며 조물주의 아름다운 선물입니다.

　여기서 아름다운 의(意)의 실물 구경을 합시다. 불국사의 다보탑은 법화경의 다보여래의 '깨달음에 이르는 길'을 탑으로 표현한 것이라고 합니다. 또 육근의 의(意)자를 조형화(물체화)한 것이라고도 합니다.

다보탑은 조형미의 극치를 보여줍니다. 우선 탑의 규모가 근, 중거리 조망 시에 가장 안정감과 평온함을 주는 크기(scale=size)입니다. 시각적으로 그 공간에 가장 적절한 크기라는 것입니다. 기단 부분과 계단은 마음 심(心)자를, 1층과 그 상부는 음(音)자를 올려 아름다운 건축물로 표현한 것입니다. 기단, 기둥, 벽, 보, 지붕 등 모든 부재는 모두 황금분할에 근접한 부재 나누기가 되어 있습니다. 큰 돌 하나로 쉽게 축조할 수 있음에도 구조물의 시각적 모듈(module)을 고집한 것입니다.

또 중간부의 넓은 수평 판석(슬래브, slab)과 그 위의 원형 판석 간의 거리와 크기 비례는 완벽한 조화를 이룹니다. 중간의 큰 바닥 판과 최상부 8각 판 사이는 원형 판과 작은 8각 판으로 3분 했는데 그 높이와 폭의 비율은 환상적입니다. 슬래브(큰 바닥 판) 네 귀의 굽혀 올림은 얇은 판 단부 귀의 연약함에 대한 시각 보정으로 판의 구조적 안정감을 완벽하게 표현합니다.

다보탑을 그냥 가만히 쳐다보기만 해도 삼매의 경지에 빠져들어 갑니다. 다보탑은 그 어떤 부재 하나라도 불필요한 것이 없으며, 어느 한 부재라도 폭과 길이의 비례가 아름답지 않은 것이 없습니다.

다보탑은 인간 내면의 저 깊은 곳에서 발원한 최고의 깨달음의 순간을 표현합니다. 완전한 마음의 평온과 평화를 나타냅니다.

사람들은 타지마할(인도)이 가장 아름답다 하고 어떤 이는 프놈바켕 사원(앙크로와트 서쪽 1.5㎞ 지점의 산 정상)의 아름다움을 칭찬하지만, 다보탑은 영(靈)적인 면에서 이들과는 차원이 다릅니다. 다보탑은 인간 의식(영혼)의 완성(깨달음)을 표현한 이승 사람의 손을 빌려 만든 신의 작품입니다.

식(識)은 '앎'입니다. 단순히 '안다'라는 뜻 보다 훨씬 상위 차원인 인식(認識)입니다. 식(識)은 불경의 오온(五蘊), 즉 색(色), 수(受), 상(想), 행(行), 식(識) 중 끝의 識을 말합니다.

식은 판별능력이라 할 수 있겠습니다. 식은 사람에게만 주어진 하늘의 선물입니다.

의식(意識)은 감지+판별이라고 할 수 있겠습니다(Consciousness). 우리는 의식이 있으니 인간입니다. 의식은 '분별력'입니다. 분별력은 진리와 비 진리를 판별하는 능력입니다. 즉 진위(眞僞)와 선악(善惡)을 판별할 수 있는 능력입니다. 의식(意識)은 인간의 영혼(의식체)에 처음부터 입력된 프로그램입니다.

의식은 자각(自覺 : Self-awareness)입니다. 자각은 스스로 어떤 대상을 총괄 분석하여 판단하는 심적 작용입니다. 또 이것을 이성(理性 : Rationality)이라고도 합니다.

의식(意識)은 사람마다 나라마다 천차만별이며 인류의 숫자만큼이나 많습니다.

의식이 높다 또는 낮다는 분별력의 차이입니다.

잠재의식(본질적 의식)을 참 자아(진아)라고 한답니다. 의식체(영혼)는 계속 흐르며(죽지 않으며, The life everlasting), 각자가 수행으로 깨달음에 이르는 것이 초월의식(신 의식)이며 초월 지혜(마하반야)입니다.

분별력(分別力)과 차별심(差別心=구별심)은 전혀 다릅니다. 분별력은 하늘이 준 능력인 선물이지만, 차별심은 오염된 마음입니다. 원래 마음은 하늘마음(실락 이전)입니다(성선설). 차별심은 나중에 다수 사람의 접촉으로 인해 나타나게 되었는데 '좋다' '싫다' 하는 마음이며 '원래 마음'을 덮어버린 오물입니다. 차별심은 부정적입니다. 결국, 이 차별심이란 놈이 낳은 것이 '욕심(慾心)'입니다. 또 욕심은 고(苦)라는 마귀와 항상 같이 손잡고 다닙니다. 12 연기설에는 고뇌의 발생 과정이 잘 설명되어 있습니다.

조물주는 왜 인간의 영혼에 의식을 심어 주었을까요?

의식은 수행의 한 방편(도구)이라 할 수 있습니다.

높은 의식(분별력)으로 본래 마음을 찾는 것을 영혼 회복이라고도 합니다. 영혼 회복 없이는 실재계(천국)로 들어갈 수 없습니다. 수행(修行)은 욕심을 철거하고 무심(無心)을 세우는 공사입니다. 이 공사가 완료되면 저절로 신과 합일 즉 니르바나에 도달합니다.

Apr. 09.

의식意識 : Consciousness 2

높은 의식(意識)의 사람들이 사는 먼 나라의 이야기입니다.

한 사람이 밭을 샀는데 그 밭에서 황금 덩어리가 나와뿌렀습니다. 그는 밭의 먼저 주인에게 그것을 돌려주러 갔습니다.

먼저 주인 "택도 없는 소릴랑 허덜덜 말라"면서 받기를 거부했습니다. 둘이 옥신각신하다가 판정관에게 갔습니다.

밭을 산 사람이 "나는 밭을 산 것이지 그 속의 황금은 사지 않아서 밭값만 지불했을 뿐이므로 이 금은 내 것이 아닙니다"라고 하니,

먼저 주인 "아닙니다. 내사 금이 있는 줄도 모르고 팔았으니 밭값만 받으면 되니께 이 금은 내 것이 아닙니다"라고 주장했습니다. 난감한 판정관은 이들을 랍비(성직자)에게 보냈습니다.

자초지종을 다 들은 랍비께서,

"자네 딸 있지?" "네!"

"자네 아들 있지?" "네!"

"됐네! 그럼 두 젊은이를 결혼시키고 이 황금을 걔들에게 주시

게!" 하고 한큐에 3가지(금, 중신, 주례) 문제를 해결해뿌렸습니다. 참으로 높은 경지의 의식이 있는 동네 아닙니까?(○○○ 목사님 설교에서)

오늘날 우리의 의식은 어떠한가요?

황금만능주의에 영혼이 멍들고 찌들어 의식이 퇴화하니 인륜(人倫)은 사정없이 진흙탕에 내동댕이쳐지고, 배운 사람일수록 자기 노력으로 이룩하지 않은 남의 재물을 탐내어 싸우고, 재판도 하고 살인까지 하며, 권력을 이용하여 혈세를 허탕에 쓰고 부정축재까지 서슴치 않는 지도층이 창궐하는 세상이 되어 뿌렸습니다.

우리는 바로 앞 세대 할머니 부모님 세대인 물질적으로 가난하던 시절, 우리가 결핍이 결핍인 줄 모르던 시절에 우리의 어른들은 하얀 옷을 입고 하늘 뜻에 따르는 삶이 천직인 줄 알았으며, 도둑과 사기가 무슨 뜻인 줄도 모르고, 조상 공경과 이웃을 사랑하는 그런 '아름답고 높은 의식'의 시대를 기억하고 있습니다.

우리의 혼 속에는 아직도 이 높은 의식이 잠재하고 있습니다.

탐욕은 인간의 의식을 저하시키는데 으뜸가는 물건입니다.

슬기롭고 지혜로운 높은 의식을 유지하는 민족은 스스로 멸망의 길을 선택하지 않는답니다. 의식의 저하는 그 국가뿐만 아니라 민족의 소멸을 초래한답니다.

후손을 위하여 도덕 재무장이 절실히 필요한 때입니다.

의식 3 – 악업惡業과 감사感謝

"모든 문제(問題)의 근원(根源)에는 악업(惡業)이 있다."라는 말이 있습니다. 우리가 살아가면서 발생하는 각종 문제(어려움, 고난)는 반드시 그것을 발생하게 한 원인이 있었다는 것입니다. 나쁜 일이 닥치거나 심지어 몸에 병이 나는 것도 과거 악업의 결과라는 것입니다. Walsh라는 분은 "사람들은 사건(문제)을 자기가 스스로 만들어 놓고는 그것을 운명으로 돌린다."라고 했는데 모든 사건(문제)은 원인 결과의 법칙에 따라 하늘이 결정하는 운명이며 자기가 만든 업(業)의 결과가 자기에게 돌아오는 것입니다.

자기가 만든 업은 자기의 의식 속에 낱낱이 기록됩니다. 의식체(意識體 : 영혼) 속의 이 기록 장치를 업장(業藏)이라고 합니다. 요즘 정보를 디스크나 USB에 저장하는 것과 같습니다. 일종의 블랙박스(Black-Box)입니다. 업 저장용 디스크(Disk)입니다. 저승갈 때 중간영계에서 이것을 체크(Check)하겠지요? 이 업장의 기록 저장은 다른 사람이 하는 게 아니라 자기가 행한 업 모두가 자동으로 자기 업장에 저장된다고 합니다. 이 저장된 업의 내용 중 악업을 업장(業障)이라고 합니다. 그러니 나중에(사후에) 이 업장을 체크할 때는 내 것이 아니라느니 모른다느니 이런 변명을 할 수가 없다는 것입니다. 스베덴보리의 책에는 심판대 앞에서도 변명하는 사람이 나오는데 참 대단한 배짱의 소유자로서 이승에서의 직업은 아마 사기행각이었을 것입니다.

중간영계의 심판은 플라톤, 이집트 사자의 서, 티벳 사자의 서 등에 나오며 업을 체크하는 데는 거울, 저울, 조약돌 등을 이용합니다. 이런 판단 도구는 상징적이고 실제는 간단하게 업장의 내용을 스크린이나 모니터로 보지 않을까요?

인간이 저지르는 악업(惡業)은 열 가지입니다.

신업(身業) 몸으로 짓는 업	1. 살생(殺生)	산목숨을 죽임
	2. 투도(偷盜)	훔침
	3. 사음(邪淫)	타 여자를 범함
구업(口業) 입으로 짓는 업	1. 망어(妄語)	거짓말
	2. 양설(兩舌)	이간질
	3. 악구(惡口)	욕설
	4. 기어(綺語)	진실이 아닌 말
의업(意業) 마음으로 짓는 업	1. 탐(貪 또는 耽)	욕심(남의 것을)
	2. 진(瞋 또는 晉)	미워하고 성냄
	3. 치(癡) 또는 사견(邪見)	진리를 믿지 않는 무지

악업을 행하는 사람은 의식이 매우 낮아 부지불식간에 악업을 행하며 죄의식을 느끼지 못합니다. 악업의 장해[業障]로 원인 결과

의 법칙에 따라 각자는 대가를 치르게 됩니다.

악업은 저지른 후 멀쩡한 것 같으나 생애 또는 윤회 과정에서 반드시 벌(伐)이라는 과(果)로 나타납니다.

악업의 해소(감사(感謝) : Gratitude)

악업의 해소는 우리가 부지불식간에 저지른 악업이나 타의에 의해 어쩔 수 없이 행한 악업에 대한 것입니다. 여기 선각자 김윤재 님의 선념(善念)과 악업 해소를 소개합니다.

"선념(善念)은 감사(感謝)하는 마음의 파동(波動=震動)인데 과거에 쌓은 나쁜 업(惡業)의 파동과는 정반대 파동의 염파(念波)로서 악업의 파동이 쌓이는 것을 중화시켜서 해소하는 역할을 한다. 감사의 선념으로 악업이 중화되므로 다시는 그 업이 집적(集積)이 생기지 않고(인의 소멸) 과(果)를 맺는 일이 없어져 버린다."

이분 말씀은 우리가 감사하는 마음의 선념을 계속 발산하면 의식체 속에 내장된 이성(理性 : Rationality)이라는 프로그램의 작용으로 오염된 기억(악업 파일=業障)을 지워버린다는 것입니다. 우리가 컴퓨터 속의 불필요한 자료를 지우듯이 말입니다.

그러므로 "감사(感謝 : Gratitude)하는 마음(Grateful)으로 늘 감사하는 생활" 즉 "범사에 감사하라!(Give thanks in all circumstances! 에베소서 5:20)"는 항상 그리고 모든 것에 대하여 감사하라는 말입니다. 여기서 give(주라)는 하느(나)님께 드리라는 것입니다(always giving thanks to GOD the Father for everything, in the name of our Lord Jesus

Christ). 곧 감사함은 하늘에 감사함과 동시에 과거 악업의 삭제까지 하는 일석이조의 효과가 있다는 것입니다.

또 "감사합니다!"라는 염원의 파동은 우주 영 에너지와 결합하여 눈에 보이지 않는 물질로 되돌아오는데, 이것이 항암과 해독의 치료 효과를 나타낸 간증도 있습니다.

감사는 반성보다 상위차원입니다.

기본 감사는 "인간으로 태어난 것(육신을 받은 것)에 대한 감사"입니다.

한 영혼이 인간으로 태어나지 않았다면 천국으로 입성했거나 아니면 지옥으로 간 것이랍니다. 인간으로 태어난 것은 한 번 더 수행의 기회를 받은 성스러운 일입니다. 인간의 목표는 천국행이고 이 목표를 달성하는 수단은 인간의 육신입니다. 육신 안에 신의 분신인 영혼이 깃들어 있기 때문입니다. 마치 식물의 목표는 열매(씨앗)이며 꽃과 꿀은 열매를 맺는 수단인 것과 같은 이치입니다.

돌이켜보면 노년들은 이 지구여행이 참 감사한 것입니다. 지나온 세월 어느 것 하나 감사하지 않을 일이 없습니다.

- 심신의 약함에 불만이었던 일, 지나고 보니 나에게 겸손을 주었네.
- 능력 없어 덜 가진 재물, 지나고 보니 나에게 지혜를 주었네.

- 못 가진 부, 명예, 권력도, 지나고 보니 나에게 악업을 피하게
  했네.(따옴)

자! 님네들! 토정 선각자님의 '4가지 소원'을 음미하며 한 번 더
감사합시다.
- 무지(無智): 지식이 다 지워짐은 최상의 신령함이며(神靈)
- 무적(無敵): 다투지 않음이 최강(强)이며(사랑)
- 무욕(無慾): 욕심 없음이 최고의 부자이며(副)
- 무권력(無權力): 권력 없음이 최고 귀함이다.(貴)

자! 현재의 가진 것 적음에 대하여 감사합시다. 한 걸음 한 걸
음마다 박자 맞춰 감사합시다!

의식 4−3계三界와 6도六途

　　모든 것이 층층이 있습니다. 벼슬도 계급도 능력도 층층이 있습니다. 심지어 길가의 소똥까지도 층층이 있습니다. 인간의 의식 또한 천차만별인데 사람마다 의식의 정도(精度 : 깨끗함의 정도)가 다르기 때문입니다. 이 세상은 지옥과 짐승 같은 의식상태에서부터 신 의식까지 섞여서 한 공간 내에서 서로 부대끼며 살고 있습니다.

　　불가에서는 3차원 세상의 인간 의식 레벨(level)을 3계와 6도로 분류합니다(별도의 표 참조). 이 분류는 제자 교육용이겠지만 욕망이 꽉 찬 하급의식들과 수행으로 승천 직전에 있는 고급의식까지를 잘 나타내고 있습니다. 여기서 도(途)는 의식 정도(精度)를 말합니다. 도장(페인트) 공사처럼 그 겹을 뜻합니다. 이것은 인간의 구별심(욕심)이 만들어 낸 의식의 종류인데, 욕심이 만들어낸다고 하여 유심소현(唯心所現)이라고 합니다.

　　표에서 3계 중 욕계와 색계는 물질(형상)을 의식하고, 무색계는 물질의 속박에서 벗어난 상태입니다. 욕계(慾界)는 6도(六途)로 분류했는데 그중 악도는 인간의 탈을 썼을 뿐 그 의식은 사람이 아니라는 뜻입니다. 사람들이 가끔 말하는 짐승만도 못한 놈 말입니다. 욕계의 영혼은 윤회를 합니다(육도 윤회설). 천상도는 색계에 오를 만큼 높은 의식이란 뜻입니다.

의식 중 제6식은 현재 의식이며, 더 나아가 제7식은 말라식(末那識)으로 잠재의식이며 예지능력이 있습니다. 또 제8식은 아뢰아식(阿賴耶식)으로 습장이라고도 하며 전생의 지은 업까지도 기억하는 능력이 있는 의식의 차원을 말합니다.

색계(色界)는 탐욕으로부터 해방된 의식인데 17개 층이 있고, 무색계(無色界)는 탐욕뿐 아니라 형상(물질)까지 초월한 의식상태 즉 정신적 존재입니다. 수행으로 의식이 무색계에까지 도달했지만, 3계에는 즐거움이 없다고 했습니다.

영계(靈界)는 육신을 벗은 후의 의식의 상태인데 김윤재 거사는 그의 책에서 영계도 현상세계에 속한다고 했습니다. 심판 전이므로 이승에 속한다는 말이겠지요. 또 오오카와 류우호오(日 영지도자)씨는 이 의식상태를 4차원이라고 했습니다.

이런 분류는 깨닫지 못한 사람은 감히 할 수가 없습니다. 실재계인 실상 세계(천국, 극락)까지 가는 데는 층층이 참 많지요? 그러나 의식(영혼)의 확장은 상위 차원으로 갈수록 쉽고 가속이 붙는답니다. 그러므로 층이 많다고 하여 수행을 늦출 수가 없습니다. 천국엔 영생과 기쁨만 있으니까요!

意識(靈魂)의 次元, 三界와 六途, 十界互具

欲 界		1	地獄途	惡途	3악도	* 윤회를 한다(삼사라)
		2	餓鬼途			* 3유(三有)라고도 한다.
		3	畜生途			(생유, 본유, 사유) 중유(육신을 떠났을 때)
		4	阿修羅途			* 도(途)는 의식차원, 영역, 상태를 나타냄
		5	人間途	善途		
		6	天上途			
色 界	17天	7	聲聞	三泰		탐욕으로부터 벗어났으나 아직 형상(물질)에 매인 상태
		8	緣覺			즉 물질적 色은 있지만 감관의 욕망을 버린 청정한 혼
無色界	4天	9	菩薩			형상의 속박까지도 벗어난 선정의 세계에 있는 혼
						*예수 : 십자가에서 보여줌
영계(천계)		10	佛			

- 성문-부처의 음성을 듣는 경지
- 연각-스스로 깨우침을 이룬 경지
- 보살-이타심(자비행)의 완성경지
- 10계호구 : 개개의 영혼은 9개의 능력을 구비하고 있다.

즉 하늘(모두 부처와 연결되어 있다)

意識(魂)의 확장

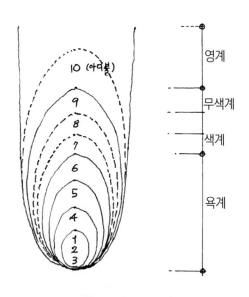

- 오오카와 류우호는 창조주(절대자, 근본불) 20차원 이상으로 봄

- 기독교의 천국도 (스베덴보리) 3개 층으로 봄

- 6은 3차원에 있으나 수행이 깊은 사람(선인)

낮은 차원의 의식은 높은 차원의 의식에 싸여있고 이것은 우주혼에 싸여있는데 하층 차 의식은 고층 차 의식을 감지할 수 없으나, 고층 차 의식은 하층 차 의식을 다 감지할 수 있다는 것입니다. 바둑처럼 고수는 하수의 수를 훤히 알고 있지요.

앞의 그림은 의식의 확장을 표현한 것입니다. 우주의식에의 도달이 신과 합일입니다. 이 사바세계를 탈출하여 영생으로 가는 우주선이 여기 준비되어 있습니다. 탑승은 무료입니다. 아무나 승선할 수 있습니다. 각자 준비물은 무욕, 감사, 봉사, 반성 그리고 사랑(자비)입니다. 자! 모두 타세요!

July. 20.

자비慈悲 이야기

자비(慈悲)는 사랑입니다. 자비의 완성 없이는 깨달음의 경지에 도달할 수가 없다고 합니다.

불교에서의 '깨달음'은 기독교, 회교(이슬람), 유대교 등에서는 신과 합일, 승화, 승천 등으로 표현합니다. 이것은 수행자뿐만 아니라 모든 인간이 가야만 할 최종 목적지입니다. 천국에 들어가는 길입니다. 종교는 이 길을 열어 주는 과정이며 수단입니다. 성직자는 이 길의 안내자입니다.

이 목적지로 가는 길(수행)의 도중에 반드시 이루어야 하는 일이 '자비(사랑)의 완성'입니다. 각 종교에서의 제자교육(수행)단계에는 이것이 반드시 들어 있습니다.

기독교의 경우 : 예수 5-비전(5-vision) 중 제3-비전에서 "자비심의 완성으로 신의식과 연결되며 아울러 신의 눈으로 만물을 보는 단계에 도달된다"고 했습니다.(○○○ 목사님 설교 중)

유대교의 경우 : 생명나무 10단계(10-세피로드, sepirod) 중 제 5-세피로드(헤세드)를 '자비의 삶'이 완성되는 수행의 단계로 봅니다.(카발라에서)

불교의 경우 : 사성제(四成諦)의 8-정도(8精道) 중 제6도 정정진(正精進)을 악을 극복하고 선을 발전 유지시키는 단계인 '자비의 완성'으로 봅니다.

이슬람(회교)의 경우 : 수행의 5-칼럼(5-column) 중 제4-칼럼인 '자비의 실천'을 신과의 합일에 이르는 필수조건이라 합니다. 이처럼 자비의 완성을 완벽한 영혼의 정제로 보는 것입니다. 즉 영혼이 깨끗해진 상태가 빛의 상태(초월의 상태)로 신과 접하는(깨달음의) 필수조건입니다.

자비희사(慈悲喜捨)는 불교적 표현이며 기독교 등에서는 '사랑' '봉사' 등으로 표현합니다.

자(慈)는 마음(心)이 하늘(玄)과 두 줄로 연결되어 있으니 하늘마음입니다. 자는 사랑 또는 '사랑으로 키운다'이며 자(慈)의 완성으로 탐욕(貪)이 마음속에서 제거된다는 것입니다.

비(悲)는 아픈(非) 마음(心)입니다. "불쌍히 여겨 도운다"는 뜻이며 비의 완성으로 노여움(瞋:진)이 제거된다고 합니다. 여기서 자비행을 깨달음의 으뜸으로 본 법정 님의 비(悲)에 대한 멋진 설명을 봅시다.

"비(悲)는 범어(산스크리트)로 카루나(Karuna)이며, '신음하다 연민하다'라는 뜻으로 타인의 괴로움을 보고 도저히 견딜 수 없는 심성(心性)이다. 이것은 자기중심에서 벗어난 인간의 본성이다. 비(悲)는 이타(利他), 즉 대승정신이며 관계의 근원(우주의식과의 연결-필자 주)을 나타내며, 이것은 동정(同情 : 남을 도우고서 자기위안을 받으려고 하는 심성) 보다도 더 상위 차원이다."

희(喜)는 "타인의 기쁨을 곧 나의 기쁨으로 여긴다."인데 이 경지는 나와 남을 구별하는 차별심(差別心 : 구별심)이 사라진다고 합니다.

사(捨)는 "자기의 선행에 대한 보상을 바라지 않는 마음"입니다. 은인과 원수를 구별하지 않는 경지로서 집착(執着)이 사라진다고 합니다.

힌두교인인 마하트마 간디는 어느 순간부터 그렇게도 밉던 식민 지배자 영국군이 사랑스럽고(慈) 불쌍해(悲) 보이더라는 것입니다. 그 어느 순간이 바로 자비완성의 경지에 도달한 때입니다. 고로 적이지만 무폭력저항을 택한 것입니다.

법정 님은 "자비의 충만이 곧 깨달음에 이르는 길이며, 자비를 모르면 깨달음의 기쁨을 모른다."라 했습니다.

출가 수행자들도 자비의 완성이 참으로 어렵다 합니다. 하물며 속세에 살면서 얽히고설킨 인연 속의 우리 보통 사람에게는 더 쉬울 리가 없지요. 그러나 역사적으로 재가수행자(거사)들도 깨달은 분이 많이 계십니다. 그러니 미리 포기할 필요는 없습니다. 모두를 사랑할 수 있도록 명상하고 행동(실천)하며, 여유 없는 경제 속에서도 보시(布施)와 기부(Donation)로 빈여일등(貧女一燈)의 행(行)을 본받는 게 가치 있는 삶이 아닐까요?

June. 10.

적멸寂滅 1 - 죽음

'죽음'에 대하여 한번 생각해 보셨나요?(생각하기 싫다고요?) 그래도 이순을 넘겼으니 한 번쯤은 생각해 봐야 되는 것 아닙니까?

사람들이 마치 자기는 안 죽을 것처럼 욕심을 부리며 살아가지만, 사실 아무리 훌륭한 방패로도 이 죽음을 막을 수는 없는 것이고, 더욱이 죽은 후에는 어찌 되는지를 알 수 없고, 알 방법도 모르니 자연히 죽음이 무섭고 두려워 생각을 회피하는 것입니다. 그러므로 중이 절이 싫다고 절 보고 나가라 할 수 없듯이 죽음이 싫다고 하여 죽음으로부터 도망갈 수 있는 것이 아니므로 어차피 맞이할 죽음과는 잘 타협할 수밖에 없는 것입니다.

선인들의 말씀에 "죽음(死)=어느 한(一)날+저녁(夕)에+비수(匕)처럼 소리 없이 다가온다"고 했습니다. 어느 성당의 묘지 비문에 "오늘 내 차례 내일 네 차례"라고 쓰여 있답니다. 번호표 뽑아 줄 서서 기다리지 않아도 저절로 차례가 온다는 거지요.

탄생은 죽음의 시작입니다. 태어날 때는 타의로 세상에 왔지만 갈 때는 혼자 스스로 죽음을 맞이해야 되는 것입니다.

"육신이 있기에 죽음이 있다"라고 했습니다. 사람의 육신은 신(조물주)의 분광인 영혼의 임시거처로서 영혼에 종속된 것입니다. 제자들이 부처님께 "인생에서 가장 어렵고 힘든 게 무엇입니까?" 라고 물으니 "나의 육신을 가졌다는 게 가장 힘들다"라고 했답니다. 부처님도 육신의 생로병사가 어려웠던 것입니다.

죽음은 왜 올까요? 선각자들의 말씀은 죽음이란 영혼이 오래된 개념(부정)을 씻어내고 새로운 환경에 태어나서 '상위의 영적 발전 및 성장'을 원할 때 육체에다 '죽음의 진동'을 보내면 육신은 소멸되고 영혼은 더 높은 차원에 오르거나 나아가 영생의 길로 들어선다는 것입니다. 즉 사람들 자신이 세운 개념(집단최면)에 젖어 더 이상 영혼의 발전이 보이지 않을 때 죽음의 진동이 다가오는 것이랍니다. 이 말은 죽음도 신의 통제라는 뜻인데, 그렇다면 죽음 그 자체가 탄생만큼이나 거룩한 것이라고 할 수 있겠지요. 고로 알 속의 생명이 부화 전에 바깥세상을 모르듯이 사람도 죽은 후의 세계에 대하여 두려워하거나 걱정할 필요가 없다는 것입니다. 오히려 죽음을 반가이(?) 맞이해야 되지 않겠습니까?

육신이 죽지 않으면 정말 큰 일이라고 합니다. 식량문제, 인구 문제 같은 하찮은 물질세계의 문제가 아니라 영혼이 육체에 갇혀서 더 이상의 영적 발전을 이룰 수가 없게 된다는 것이지요. 이것은 신에로의 회귀를 원하는 영혼의 길이 차단되는 결과로 신의 섭리에 어긋나는 일이 됩니다.

사람들은 육신의 죽음으로 모든 게 끝난다고 생각합니다. 그리하여 온갖 의술과 불로장생술을 동원하여 육신의 삶(목숨)을 연장하려고 부단히 노력합니다. 그러나 영혼의 입장에서 보면 영적 진보와 성장 발전을 못 하도록 붙잡아 두는 꼴이 되므로 오히려 답답할 노릇이며 천륜에 역행하는 행위라고도 할 수 있겠습니다. 한편으로는 의술이 천륜에 역행된다고 하여 질병에 시달려 괴로워하는 환자의 고통을 두 눈을 멀거니 뜨고 내버려 둘 수도 없는 것이 여기 '사바세계(娑婆世界)의 딜레마(Dilemma)'인 것입니다.

보통 사람은 비록 모든 게 천륜이라는 것을 알지만 실제는 죽음의 공포 속에서 벗어날 수가 없습니다. 그런데 다행스럽게도 인간이 죽음으로부터 해방될 수 있는 방법이 마련되어 있고 더군다나 그 방법이 내 안에 내재되어 있다는 사실입니다. 그것은 바로 '깨달음'입니다. 즉, 답답한 껍데기를 깨고 밖으로 나가는 일입니다. 공평하게도 누구나 수행으로 깨달음에 도달할 수 있고 실제로 수많은 '깨달은 자'들이 이를 잘 보여 주고 있습니다. 깨달은 자는 죽음을 덤덤히 맞이합니다. 또 죽음을 즐겁게 기다리는 선각자도 많이 있었습니다.

한 고승이 자기가 들어갈 관을 메고 "이번 보름날 낮에 동문 앞에서 죽을란다!"라고 외치며 성내를 돌아다녔습니다. 고승의 해탈을 보려고 사람들이 구름처럼 모였습니다. 그러나 고승은 나타나지 않았습니다. 다음날 고승이 나타나 "보름날 서문에서 죽을 라네!" 해서 수많은 군중이 운집했으나 또 나타나지 않았습니다. 한 달이 지나 이번에는 "남문 밖에서 죽을 꺼이야!" 해서 모두 모였으나, 기어코 또 부도를 내고야 말았습니다. 그러고 달포쯤 지나 나타난 고승은 "진짜 북문에서 죽을 란다!"를 외치고 다녔으나 "저 녕감 왜기래! 노망인감?" 하고 아무도 관심을 두지 않았습니다. 정오에 고승은 관 속에 들어갔고, 사람들은 "아차!" 인간이 신이 되는 장면을 놓치고는 그제서야 북문에 모여 관 뚜껑을 열어보려 했으나 꿈쩍도 하지 않았습니다. 한 사람이 꾀를 내어 "이것보래요! 이 녕감이 아이(니) 죽은 게 분명한 기라요!"라고 외쳐대니 꿈쩍 않던 뚜껑이 휙 열렸는데… 등신불 가슴 위의 쪽지에는 이렇게 적혀있더랍니다.

"이넘들아!~~ 껍데기는 보아서리 무시기 할 꺼여~."(임제록의 보화 스님과 구전된 이야기를 합해 각색함)

깨달은 이는 원한다면 육신을 창조할 수도 있으며 죽음의 진동이 오기 전에 육신을 훌훌 벗어버리고 떠나기도 한답니다. 달마(達磨)가 혜가에게 법을 전하고 얼마 후 앉은 자세로 열반(Nirvana)에 들었는데, 황제(효명제?)의 신하가 인도에 갔다가 돌아오는 길에 히말라야산 중턱에서 "장대 끝에 신발 한 짝을 달아매고 산을 넘어가는 달마(隻履西歸 : 척리서귀라 함)"를 보고 "스님! 어데 가요?" 하니 "고향 가네! 가보면 새 임금이 있을 거야!"라고 했다나~~. 얼마

후 신하가 궁에 도착하여 이 만남을 황제께 고하고 무덤을 파 보니 그 속에 신발이 한 짝밖에 없더라나~. 깨달은 이는 죽음이라는 운명을 극복했으며 이들의 영혼은 더 이상 윤회하지 않는답니다.

선각자들이 말씀하시기를 "생각이 운명을 만들듯이 죽음을 의식하므로 죽음이 있다. 즉 인간들은 노화와 죽음이라는 집단최면(집단의식)에 걸려 있는데 이 집단최면에서 벗어나는 방법은 깨달음으로만 가능하고 깨달음은 수행을 통하여 이룩할 수 있으며 이때 육신의 죽음은 거저 껍질을 벗어 버리는 것에 불과하다"라고 했습니다. 결국, 모든 종교는 수행의 수단이라고 할 수 있으며 죽음을 초월하여 고요한 적멸 즉 신에게 회귀하는 방법을 제시하는 것입니다.

마이다스(Midas : 프리기아의 왕)가 지혜의 신 실레노스에게 "인간의 행복이 무엇이냐?"고 물었것다. 실레노스 가라사대 "인간의 가장 큰 행복은 애시당초 태어나지 않는 것이며 일단 태어났으면 되도록 빨리 죽는 게 상책이다."라고 대답했습니다. 마이다스는 지혜를 얻으매 감사하며 실레노스를 극진히 대접하니 실레노스는 마이다스에게 황금의 손(무엇이든 만지면 금이 되는)을 선물했다나 어쨌다나! 결국, 이승에 오지를 말아야 한다는 이야기 아니겠습니까?

탄생과 죽음은 하늘의 업무(GOD' Scope)이므로 보통 인간의 차원에서는 이해 내지 납득이 어렵지만 그래도 우리 삶의 최종 목적지가 어디인지를 어렴풋이나마 알 것 같기도 하지요? 최종 목적지에 가는(깨달음) 길은 누구에게나 공평하게 주어졌다고 합니다. 이를 위해 우리의 일상이 좋은 업이 되도록 올바른 삶을 추구해야 될 것입니다.

죽음 앞에서는 누구나 숙연해집니다. 미워하던 사람의 죽음 소식에 모든 것이 용서되고 싫어하던 사람의 죽음에도 문상을 가게 되는 것입니다.

누군가 말하기를 "사람은 모두 죽는다. 죽을 수 있으므로, 반드시 죽을 인생이기에, 사람으로 태어난 게 행운이며, 인생은 참으로 행복하다"고.

님네들! 우리가 어떻게 하다 깨우침에 낙제할지라도 북망산 가는 길에 길동무는 될 터이니 이 또한 즐겁지 아니하오!?

Apr. 05. 2010. oh.

적멸 2 - 죽음의 신비

탈무드에 나오는 이야기입니다. 한 제자가 스승에게 "사람은 왜 죽나요?" 하고 물으니 스승이 "살아있기 때문이지"라고 대답했답니다. 죽음에 대한 답을 이보다 더 확실히 설명할 수는 없습니다. '살아있기 때문'은 '이 세상에 왔으므로'이며 '죽는다' 함은 이 세상에 오기 전에 있던 곳으로 '되돌아간다'입니다. 마치 우리가 소풍이 끝나면 반드시 집으로 되돌아가는 이치와 같습니다.

여기서 '죽는다'를 '산다'로 바꿔보면 "사람은 왜 사는가?"에 대한 답은 "죽기 위하여 산다"가 됩니다. 곧 삶의 목표(목적지, Destination)는 죽음이라는 것입니다.

어느 선각자는 "인생의 목표는 죽음이며 인생살이는 죽음을 향하여 줄기차게 내닫는 마라톤과 같다"라고 말했습니다. 목표는 이루어야 하는 것이고 죽음이 인생의 목표일진대 죽음은 꼭 달성해야만 되는 인간의 가장 중요한 일(업무)인 것입니다. 더구나 태어날 때는 타의(하늘의 뜻)에 의해 왔지만 갈(죽을) 때는 누구의 도움 없이 스스로 쟁취해야만 하는 중요한 의무인 것입니다.

죽음은 3가지의 신비가 있습니다.

1. 누구나 분명히 죽는다 : 죽음은 잘난 사람, 못난 사람, 부자
   나 가난한 사람 그 누구에게나 공평하게 주는 선물(Present)
   입니다. 선물을 받으면 모두 즐겁고 행복해하지만 죽음을
   선물로 생각하는 사람은 몇 안 됩니다. 전능하신 신께서 차
   별 없이 모두에게 선물한다는 것은 당연히 좋은 목적이 있
   을 것입니다. 그것은 개개영혼의 의식 확장을 돕는 한 과정
   일 것입니다. 즉 육신에 갇힌 한 영혼의 차원 이동 수단일
   것입니다. 그래서 "죽음은 두려움의 대상이 아니고 당연히
   거쳐야만 하는 하나의 단계"라는 사실을 깨닫게 만드는 일
   이 곧 수행(修行)의 첫 단계입니다.

2. 언제 죽을지 모른다 : 거꾸로 말하면 "얼마나 살지 아무도 모
   른다."가 되는데 바로 '삶의 신비'가 되지요. 편작의 큰형님
   이 와도 사람의 죽는 날짜는 알 수 없다는 이야기입니다. 톨
   스토이의 단편 "사람에게 허락되지 않은 것은 무엇인가?"에
   는 오후에 죽을 사람이 오전에 새 구두를 맞추는 이야기가
   나옵니다. 이렇듯 사람의 죽음은 허무합니다.
   죽고 사는 것은 하늘의 업무(God's scope)입니다. 그런데 하늘
   은 엉뚱한 사람이 그것을 알 수 있도록 길을 열어 놓았는데
   그들은 '깨달은 사람'입니다. 정휴 스님의 책 『적멸의 즐거
   움』에는 많은 선각자가 자기의 해탈 일자를 알고 있었으며

죽음이라는 선물을 받고 기뻐하며 손꼽아 그날을 기다렸다는 것입니다. 그들의 죽음은 영생의 길이며 더 이상 죽음이 없는 곳으로 가기 때문입니다.

3. 죽음은 연습이 불가능하다 : 죽음은 리허설이 없습니다. 체험해 볼 수도 없습니다. 죽었다가 살아온 사람의 간증이 더러 있는데 이들은 상당히 의식 차원이 높은 사람들로서 신의 존재를 간접으로 나타내는 신의 어떤 신호로 볼 수 있습니다. 그러나 이들도 그들의 영혼이 다시 육신으로 돌아왔기로 진정한 죽음은 아닙니다.

자살은 하늘이 할 일을 자신이 해버렸기 때문에 진리에서 벗어나 버린 것입니다. 하늘의 통제 밖이니 천륜에 어긋나는 일이지요.

사람이 죽음에 대하여 알 수 있는 것은 분명히 죽는다, 나 혼자 죽는다, 그리고 아무것도 가져갈 수 없다, 정도입니다. 언제 어디서 어떻게 죽을지는 아무도 모릅니다.

윤회하는 영혼은 육신의 죽음만 반복되는 것입니다. 이승에 다시 태어나도 내가 전에 가졌던 것은 하나도 없습니다. 많은 지인도 친척도 아무도 알 수 없습니다. 또다시 죽음으로 달리는 마라톤만 있을 뿐입니다.

많은 성인과 선각자가 영생의 세계로 갔으며 종교는 이곳에 가는 길을 인도하는 수행의 장입니다. 중요한 것은 우리의 이생의 죽음이 단지 육신의 교환인가? 아니면 영생의 세계로 가는 마지막 죽음인가? 입니다. 그것은 수행의 결과치로만 나타납니다. 자! 명상합시다! 늦었다고 생각할 때가 가장 빠를 때라고 합니다.

어느 큰 스님의 수행기에 있는 글입니다.

초보 스님 시절 지리산 천은사에서 수행하던 동료 스님이 암에 걸렸답니다. 이 스님은 타인의 신세를 지기 싫어, 몰래 깊은 골짜기에 있는 너덜 중간에 들어가 줄을 쳐 놓고 그 안에서 죽음을 맞이하면서 편지를 써 놓았는데 그 내용 중에 "방장 스님은 나처럼 암에 걸렸는데 왜 육신이 아프지 않을까?" 하며 자기의 수행의 낮음을 괴로워했더랍니다.

깨달음의 경지에 든 사람들은 자기 육신의 어느 부위에 병이 나면 내 안의 나 즉 참나(진아(眞我) : 원래의 나)가 몸 밖으로 빠져나가서 거꾸로 몸속의 병을 구경한답니다. 강 건너 불 보듯 말입니다. 높은 수행의 결과이며 나와 육신을 분리하는 경지입니다. 보통 사람은 병의 고통을 감지하는 데에 가짜인 나(오염된 나) 즉 오염된 마음이 작용하기 때문에 큰 고통을 느낀다고 합니다. 그러니 방장 스님은 암을 품고도 맨날 즐겁고 밭일도 하고 전혀 고통을 느끼지 않지요. 결국, 깨끗한 영혼이 되면 자동으로 죽음 따윈 무섭지 않을 것입니다.

따라서 몸이 아플 때 내가 내 몸을 빠져나가서 아픈 부위를 구경하는 훈련을 평소에 계속해야 할 것입니다. 황당한 이야기라고요? 실제로 우리 주위에는 몇 년을 암으로 고생했지만 아프다는 말은 한마디도 않는 분들이 많습니다. 그냥 병마와 함께 살아가는 것이지요. 자! 깊은 명상으로 가짜 나(자아)를 버립시다.

적멸 3 – 삶과 죽음

"헛되고 헛되도다!" 솔로몬왕의 말입니다.

이 세상은 헛것이랍니다. 이 3차원 세상은 허상이라는 것입니다. 그러면 실상은 무엇입니까? 실상은 실재계 즉 존재계입니다. 이 세상은 실재계가 반사되어 비추어진 광경이라는 것입니다. 무신론자들은 "실제로 물체가 있고 해와 달 우주가 있는데 무슨 씻나락 까먹는 소리야?"라고 합니다. 많은 우주과학자도 우주를 아무리 찾아도 하나님이 없더라고 말하기도 합니다. 눈에 보이는 것이 전부라고 생각하는 사람들입니다. 그러나 우리가 4차원까지 이미 알고 있으면서 그 상위차원이 있다는 사실을 왜 눈치채지 못할까요?

이 세상에서 확실한 것은 오직 '죽음'밖에 없다고 했습니다. 죽음 외는 모든 것이 불확실하다는 이야깁니다. 선각자들은 "삶과 죽음은 같이 있다"고 말합니다. 고로 '삶=죽음'이라는 등식이 성립합니다. 즉 '하루 살았다=하루 죽었다'가 됩니다. 100일의 삶이 주어졌다면 하루 죽고 또 죽고 이렇게 100번을 죽으면 그 육신의 생명이 끝난다는 것입니다. 보통 "먹는 게 남는 것이다" 하면 "먹는 게 이익이다"라고 알고 있지만, 앞에다가 '나이'라는 단어를 붙여 보면 나이 먹는 것은 삶이며 남은 것은 죽음뿐이라는 것입니다. 이처럼 우리가 매일매일 죽고 있지만, 매일매일 살아간다는 환상에 잡혀있습니다. 사실 죽음과 삶이 한 몸이 되어 같이 있습니다. 고로 지금 살았다 또는 죽었다 하는 구별은 실제로는 없으며 구별할 필요도 없고 그냥 현재(Present)만 있는 것입니다.

"삶과 죽음은 동전의 양면과 같다"라고 했습니다. '삶=죽음'의 등식은 이 두 개가 같은 시공 내에 있다는 증명이며 단지 차원만 달리한다고 봅니다. 여기서 선각자의 죽음에 대한 이야기를 들어 봅시다.

오쇼 라즈니쉬는 "죽음은 삶의 다른 모습이며 삶은 죽음 없이 혼자 존재할 수 없다. 그것은 +(플러스), -(마이너스)처럼 똑같은 에너지 내에 속하며 우리는 그 양쪽 모두에 속해있다. 우리의 삶에서 죽음 외에는 뚜렷한 것이 하나도 없으며 그것은 항상 지금 이 순간순간 이곳에 있다. 죽음은 현재에 있으며 미래와는 아무런 관계가 없고 죽음을 빼버리면 삶은 불확실 그 자체다." 했습니다. 이는 삶의 목표는 죽음이고 삶에서 발생하는 인간 세상의 온갖 희로애락 어느 하나도 확실한 것이 아니고 헛된 가상의 현상(허상)임을 설명한 것입니다. 또 그는 "삶의 신비는 오직 죽음 속에서 드러난다"고 했는데 죽음이 있으니 삶의 신비와 위대함을 느낄 수 있다는 것입니다. 그리고 그는 "인간의 삶에 대한 자기 동화(개인의식)가 삶과 죽음의 사이에다 억지로 틈새를 만들어 스스로 끼어들며 죽음이 모든 곳에 있는데도 모든 사람이 그것과 자신과는 아무런 관계가 없다고 스스로 속이고 있으며 이것이 인간의 마음이 만들어 낸 가장 깊고 큰 기만이다."라고 사람들이 의도적으로 죽음을 멀리한다고 지적했습니다.

이어서 죽음에 대한 그의 위대한 처방은 "우리는 죽음이라는 사실을 피하려고만 하므로 삶은 거짓 속임수가 되어 버린다. 진정한 죽음은 아름답지만, 거짓 삶은 단지 추할 뿐이다. 삶과 죽음의 직접적인 만남 속에서 더욱 참됨이 있다."라고 했습니다.(길연 번역 따옴)

죽음 앞에선 어린 중생들의 당황함에 대하여 큰 성인이 보내는 당부입니다.

"죽음의 일격은 누구에게나 깊은 상처를 준다. 그러나 우리는 죽음과 함께 살아갈 수밖에 없다. 그러니 죽음에 대하여 저항하고, 분노하고, 싸우고, 노여워하고, 삶의 탐욕과 집착으로 죽음을 미워하더라도 결국 죽음으로 갈 것이니 죽음을 사랑하면서 살아라!"

님네들! 사람의 삶은 하늘이 '수행의 장'으로 선물한 절호의 기회입니다. 죽음은 이생에서의 수행의 끝남을 의미합니다. 우리 삶의 결실이 '적어도 죽음에 대한 어떤 두려움도 존재하지 않는 경지'에는 도달해야겠지요? 자! 명상합시다!

적멸 4 − 죽지 않는 사람

"이 세상에 생명 가진 것으로 죽지 않는 것은 없다. 죽음, 그것은 살아있는 것이 마땅히 돌아가야 할 영원한 고향이다!" 어느 선각자의 말씀입니다.

단편소설 「죽지 않는 사나이」가 있습니다. 모두 처음에는 "아니! 세상에 죽지 않는 사람이 있다니! 부럽다 부러워! 진시황도 실패했는데 말이야!"라고 했지만, 나중에 다 읽고 나면 "아니! 영원히 죽을 수도 없는 존재가 되었어? 불쌍하고 안타깝다!"라고 생각하게 됩니다. 이 러시아 이야기는 영원히 살기를 원했던 한 사람이 하늘의 승낙으로 70생을 100번 도합 7천 년을 이승에 살면서 온갖 쾌락과 온갖 고생을 다 겪어 보고, 결과로 이승의 생이 헛되고 헛됨을 간파한 후에 결국 "죽음만이 해답이다!"라는 것을 깨닫게 됩니다. 그러나 그의 '죽을 수 없는 저주'는 풀리지 않았습니다. 높은 절벽에서 뛰어내리면 나뭇가지에 걸리고 깊은 물에 뛰어들고 보니 겨우 무릎 깊이라 온갖 죽는 방법을 다 동원했으나 모두 실패했습니다. 그러다가 마침내 자기의 몸을 던져서 타

인의 생명을 살리는 기회를 얻음으로써 '죽을 수도 없는 천벌'에
서 풀려났는데, 여기서 타 생명을 자기 목숨과 바꾸는 이타행, 즉
'자비행의 실천'으로 하늘의 벌이 해소되었다는 이야기입니다.

　좀 다른 이야기지만, 오래 산 것으로만 따진다면야 위의 러시
아 이야기에서 호부 7천 년을 산 것은 우리나라 이야기와는 게임
이 안 됩니다.

　성남시 분당구 수내동은 숯내 즉 탄천(炭川)이 있는 동네입니다
(고로 지금 수내역의 한자표기 수내(藪內)는 잘못된 것이라 할 수 있습니다). 이 동
네에 60갑자를 3천 번 무려 18만 년을 산 사람이 있었는데 이름
하여 '동방삭'입니다. 그는 천도(하늘나라 복숭아)를 몰래 훔쳐 먹고
그렇게 오래 살았다고 하지만, 18만 년을 살고도 죽고 싶지 않았
던 것을 보면 그의 삶은 늘 즐거움(樂)만 있었던 게 분명합니다. 그
래서 저승 당국에서는 '진리 역행 죄'로 그를 입건하고 체포하기
로 했습니다. 상설 T/F팀을 조직하여 끈질기게 쫓아다녔지만, 동
방삭이는 은폐, 엄폐술과 위장술에 능하고 둔갑술을 겸비한 데다
6 신통력에 축지법까지 능해 체포조는 계속 허탕만 쳤습니다. 급
기야 저승 당국에서는 작전을 변경, 셜록 홈즈급 명탐정을 특채
하여 '심리유도 전문저승사자'로 훈련시켰습니다. 어느 날 홈즈가
평민 복장으로 탄천의 학여울교 아래의 빨래터에서 숯을 씻고 있
었습니다. 마침 그곳을 지나던 동방삭이가 이 엉뚱한 광경을 보
고는 그만 순간적으로 긴장이 풀려 "끌끌 세상에, 내가 삼천갑자
를 살아왔지만, 숯을 하얗게 되라고 씻는 사람은 처음 보네그랴!"

라는 말이 채 끝나기도 전에 철컥 수갑이 채워지고 동방삭이는 저승으로 이송되었습니다.(각색)

동방삭이는 타의로 이 세상에 왔다가 타의로 갔고, 위 러시아의 죽지 않는 사나이는 타의로 왔다가 자의 반 타의 반으로 저승으로 가면서 "죽지 않는 것이 죽음보다 더 공포이며 최상의 천벌"이라고 우리에게 말하고 있습니다.

누군가 말했습니다. "죽음은 알 수 없는 그 무엇이다"라고.
보통 사람은 이것이 처음에는 나에게 해당되지 않는 일로 생각하다가, 조금 지나면 두려움의 대상이 되고, 나중에는 공포의 대상이 됩니다.
그러나 깨달은 자는 죽는 날을 손꼽아 기다리며 자랑하며 다니는데, 이들은 삶과 죽음의 관계를 훤히 간파하고 웃는 자들입니다.

생명의 큰 테두리에서 본다면 죽음은 휴식이라고 합니다. 큰 테두리란 한 영혼이 오랜 기간(많은 환생) 수많은 수행을 거쳐 영생으로 가는 전체 과정입니다. 고로 육신이 죽는다고 영혼도 죽는 것이 아닙니다(And the life everlasting : 사도신경의 끝말). 진시황은 생명의 큰 테두리를 몰랐던 것 같습니다.
불로초를 애타게 구한 진시황과 "세상은 헛되고 헛되도다"라고 한 솔로몬 왕과는 많이 다르지요?

May. 05.

적멸 5-평온

죽음은 평온(Serenity)이라 했습니다. 평온은 '고요함'이며 적멸
(寂滅=涅槃, 열반)입니다. 선각자들은 육신의 죽음에 따른 영혼의 길
을 이야기합니다.

크리슈나무르티는 말합니다.

"죽음은 무엇을 의미하는가? 그것은 모든 것의 단절이다. 죽음
은 날카로운 면도날로 당신을 당신의 집착으로부터, 또 편안해지
려는 욕망으로부터 잘라 버린다." 그러므로 "참된 삶은 집착하고
있는 모든 것을 버릴 때만 가능하며 그래야 하루하루가 새로운
날이 된다." 보통 사람은 죽어야만 집착과 욕망에서 겨우 풀려난
다는 뜻입니다. 욕망과 집착의 삶은 헛된 삶이라는 것입니다.

참된 삶은 수행의 삶 즉 죽음을 준비하는 삶입니다. 살아있을
때 집착과 욕심을 버리라는 것입니다.

본래의 나를 찾아 마음이라는 놈이 주인행세를 못 하게 해야

합니다. 쉬운 일인데도 보통 사람은 평생을 수행해도 잘 안 됩니다. 여기서 크리슈나무르티의 죽음에 대한 처방을 봅시다.

"죽음을 삶의 대립으로 생각하지 말라. 순간마다 죽음으로 살아가라. 순간마다 과거에 대해 죽으면, 순간마다 생생하게 새로 태어난다. 그때 그곳에는 언제나 빛이 있다. 어두움이 빛이 되며 항상 따뜻함이 있다."

"죽음을 명상하라 죽음과 얼굴을 맞대지 않는 한 알 길이 없다. 죽음은 도처에 있다. 어디든 삶이 있는 곳이면 죽음이 같이 있다."

수행자가 지켜야 할 평소의 삶의 자세를 촉구하는 말이라고 생각합니다.

우파니샤드에 있는 죽음에 대한 말입니다.

"인간은 죽기 위하여 사는데 이 길(죽음)은 하늘로 가는 길이며 그 길은 자기 안에 있으며 명상(수행)으로 그 길을 찾을 수 있다."

죽음의 신을 만나러 나선 한 젊은이에게 불의 신이 "죽음의 신은 명상으로 만날 수 있다"고 깨우쳐 주는 이야기입니다. 죽음의 신이 다른데 있는 게 아니고 자기 속에 있다는 것입니다. 죽음의 극복은 자기 스스로의 명상으로서만 가능하다는 이야기입니다.

법정 님은 "죽음은 과일 속에 들어 있는 씨앗처럼 삶과 함께 살아간다"라고 했습니다. 죽음과 삶은 동전의 양면처럼 함께 있으며 그 차원만 다르다는 것입니다. 삶 속에 있는 죽음은 명상으로 찾을 수 있는데 깨달음이 곧 죽음의 극복입니다.

요한 25세는 소천을 앞두고 "나는 여행 가방을 다 쌌네! 어느 날이나 태어나기 좋은 날이며 죽기 좋은 날이네!"라고 말했답니다. 이미 신과 합일의 길을 훤히 보고 있음을 표현한 것 같습니다. 여행 가방을 다 쌌다 함은 수행의 완성이지요.

보통 사람들은 육체의 죽음을 두려워합니다. "영혼은 영원히 죽지 않는다"는 말은 영혼은 영원한 생명력(성경의 The life everlasting)을 가지고 있기 때문입니다

선각자들은 죽음을 극복했습니다. 그들은 그곳을 '근원에로의 회귀'라 하고 '고향'이라고 합니다. 그래서 '돌아가셨다'고 합니다. 언젠가는 누구나 그곳으로 가야 하는 곳입니다. 그곳은 평온한 곳이라 합니다. 고통스러운 이 세상에 또 오고 싶은가요?

Oct. 01.

적멸 6-육신의 처리(죽을 준비)

"천하에 날고 기던 놈이라 캐도 죽을 때 제가 쓰던 제 육신을 저 스스로 처리할 수 있는 놈은 없다 카이!" 조 큰스님 말씀입니다. 모든 사람(일부 제외)은 자기 시신 처리에 반드시 남의 신세를 져야 합니다. 죽어서까지 남의 신세 지는 게 정말 싫어도 말입니다. 시신 기증은 남 신세를 좀 덜 질 것 같지만, 사실 늙은이들은 재활용할 수 있는 장기가 별로 없다고 꺼린다네!?

각종 모임에 가보면 "나는 죽을 준비를 다 해두었다"고 제법 목에 힘을 주고 자랑들을 합니다. 자기는 선산이나 공원묘지 납골당 또는 수목장 등을 마련해 두었다는 뜻입니다. 그런데 우리 주위에는 이 묻힐 곳 하나를 마련하지 못하고 대책 없이 늙어가는 이들이 참 많습니다. 신도시 옆 공원묘지 입구에는 납골당을 여러 채 짓고 있습니다. 선반 위에다 책 모양의 납골함을 나란히 꽂아 놓는 안치 방법입니다. 기존의 격자 모양 함보다 훨씬 많은 수를 안치할 수 있습니다. 그런데 이 책 한 권이 무려 일천만 원인데도 단 하루 동안에 모두 분양되어 버렸습니다. 죽음을 팔아 먹는 장사입니다. 한참 동안 분양대 앞에서 서성댔으나 이것 하나마저 마련 못 한 노인들은 "남 돈 벌 때 뭐 했슈?"라는 핀잔 앞에 무능이 송두리째 노출되어 심신이 더욱 쪼그려 들게 됩니다.

어쨌거나 내가 사용했던 육신의 처리를 남의 손을 빌려 처리할 수밖에 없으니 당연히 '쓰레기처리비용'을 남겨 둘 의무가 발생해 버렸습니다. 더구나 유산도 없는 주제니 유족은 더 슬퍼질 것입니다.

그러나 기본 쓰레기처리비용 외는 전혀 걱정하지 않아도 될 간단한 방법이 있습니다. 그것은 "화장된 유골은 공동 유골함에 처리하라"라고 유언을 하는 것입니다. 성직자나 전 재산을 사회에 기부하는 훌륭한 사람들도 이렇게 합니다. 더구나 공동유골처리담당자의 지성스러운 자세를 보면 마음이 놓입니다. 장례 관계자들은 모두 영적 차원이 아주 높은 수행자들입니다.

님네들! 똑똑한 자식이라면 이 방법을 (처음에는 약간 섭섭하겠지만) 곧 완벽히 이해할 것입니다. 이 방법은 한 큐에 묘지와 납골 문제, 자연보호와 환경문제까지 일괄 해결해 버립니다. 나아가 유족에게 좀 찝찝했던 사자 본인의 영혼까지도 상쾌 통쾌 명쾌해집니다.

물론 넉넉하다면야 호화장례도 좋고 납골당도 좋지요. 자유니까요. 그러나 경제력 없는 사람이 장례 문제로 가슴 아파야 할 이

유는 전혀 없습니다.

님네들! 선친의 영혼이 묘지 속이나 유골함 속에 있다고 생각하는 바보 같은 내 자식이 아닐 터이니 걱정 허덜 마세요. 육신이 좋은 곳에 묻혀야 영혼이 좋은 곳에 간다는 그런 법칙은 우주 어디에도 없습니다. 용하다는 풍수가 정해준 묘지도 후손이 돌보지 못해 쑥대밭으로 변한 무덤이 앞산 뒷산에 수없이 많습니다. 이걸 보는 후손의 마음은 얼마나 괴로울까요. 또한, 선산이 후손들 간에 다툼의 원인이 되어 애물단지가 되는 경우도 더러 있습니다.

크고 화려한 왕릉은 결국 백성을 괴롭힌 흔적일 뿐이며, 만백성이 배고팠던 증거일 뿐입니다. 아름다운 무덤 타지마할에 안치된 왕비의 시신도 결코 아름답지 않습니다. 훌륭한 사람이었다면 그 정신만 기억될 뿐입니다.

예수님의 임시 무덤은 지금은 교회당이 되었으며, 부활하시고는 육신 그대로 많은 군중이 보는 앞에서 승천하였습니다. 마호멧의 승천 또한 같으며 부처님의 무덤도 없습니다. 필요가 없으니까요. 수많은 깨달은 이의 무덤 또한 없습니다. 살아 부귀영화를 누렸어도 그 육신이 죽으면 그냥 자연 속의 한 원소로 돌아가는 것입니다.

조상에 대한 기억은 한 시대를 같이 산 선친 자식 간에만 있을 뿐입니다.

사실 우리 사회가 꼭 필요하다면 추모공원에 위패소 하나면 충분하다고 생각합니다.

‘죽을 준비’는 생명력이 없는 육신의 묻힐 곳 마련이 아닙니다. 진정한 수행자라면 사후 ‘영원한 생명력인 영혼의 갈길’에 대하여 준비하는 일이 진정한 ‘죽을 준비’입니다. 우리는 이 지구별에 소풍 와서(천상병) 잘 익어서 떠나가는 한 영혼이 될 것을 바라며 살(수행)고 있습니다.

죽음은 저승사자에게 끌려가는 것이 아닙니다. 잘 익은 영혼은 극히 밝고 하얀빛이 인도하는 정원 속으로 들어가는 것이며, 좀 덜 익은 영혼은 하얀 돛단배를 타고 푸른 공중을 날아서 이 땅에 다시 태어나 한 번 더 수행의 챈스가 주어진다고 합니다. 그러나 아무리 흰 돛단배를 타고 온다고 할지라도 이 괴롭고 힘들고 죽음이 있는 곳 사바세계로는 또 오고 싶지는 않겠지요?

Oct. 05.

적멸 7-이승과 저승

저승이 없다면 종교가 필요 없겠지요? 보통 사람들이 저승을 눈치채고 저승이 있다고 믿을 때쯤은 제법 늙어 있지요.

이승 사람들은 저승을 아주 멀리 있으며 이승과 동떨어진 별개의 곳(공간)으로 알고 있습니다. 그리고 은근히 저승을 두려워하며 그곳 생각을 일부러 회피합니다. 사실 사고사 외는 육신이 아파야 죽기 때문에 저승이 두려운 게 아니고 그 육신의 아픔이란 놈이 두려운 것입니다.

이승과 저승은 서로 붙어 있다고 합니다. 이 두 곳은 동전의 양면처럼 한 시공 내에 있다고 합니다. 단지 서로 다른 차원(次元)이므로 이승에서 저승을 볼 수가 없을 뿐입니다. 두 곳이 서로 연결되어 있음은 '승(承)'자가 증명합니다. 承은 이어진다 또는 이어져 있다는 뜻이며 영어의 succeed(썩시드 : 계속 이어지다)에 해당됩니다. 조상님들은 이미 이승과 저승이 서로 단절되어 있지 않고 이어져 있다는 사실을 알고 있었습니다. 이승의 삶과 저승의 삶이 같은 면상에서 계속 진행되며 그 차원만 바뀐다는 것을 알 수 있습니다.

이 차원이 바뀌는 현상을 육신의 죽음이라고 하며 이때 영혼의 차원 이동을 사유(死有 : 티벳불교)라고 합니다. 그래서 깨달은 분들은 "이승(현재계)은 저승(실재계)의 투영된 모습이며 죽음은 삶의 연속이며 죽음은 삶의 다른 모습이다"라고 힘주어 말하는 것입니다.

우리 생의 최종 목표인 '저승 가는 일'은 우리가 여권을 준비하여 외국 여행 떠나는 것과 다를 바 없습니다. 구태여 이 두 여행의 차이점을 찾는다면 이승에서의 여행은 여행이 끝나면 다시 제자리로 돌아오지만, 저승으로의 여행은 돌아올 수도 있고(자기가 살던 곳으로 돌아온다는 보장은 없음) 안 돌아올 수도 있다는 것입니다. 여기서 돌아오거나 안 돌아오거나는 이승 생활에서의 개인의 자유의지가 만든 카르마(업 : Kharma)의 결과에 따른 것입니다. 저승 여행에서 쫓겨나 되돌아오지 않도록 이승에서 많은 선업을 쌓아야 할 것입니다.

이승에서의 해외여행 시에는 그 나라에 도착하게 되면 '입국 심사'를 받게 됩니다. 그 나라의 입장에서 보면 밀수와 테러를 막고 질병도 차단해야 하니까요. 저승 또한 사람 사는 곳인데 아무나 그냥 받아줄 리가 있나요? 저승의 입국 심사에 대하여는 여러 이야기와 경에도 나옵니다. 플라톤의 국가론, 이집트 사자의 서, 티벳 사자의 서 등과 스베덴보리(스웨덴의 천재과학자, 영 능력자)의 기록에 잘 나타나 있습니다. 그중 스베덴보리는 이곳을 '중간영계'라 했고, 티벳 불교에서는 이곳을 '바르도(Bardo : 둘의 사이)'라고 합니다. 이곳은 공항 터미널 같은 역할을 하는데 4차원 공간인데도 인간계에 속한다고 합니다.

중간영계에서는 영혼이 천국행, 지옥행, 인간 세상으로 복귀(환생)로 분류되는데 바르도(3-바르도 : 49일)에서는 모든 영혼에게 계속하여 천국행 기회를 줍니다. 그러나 이승에서의 업(業 : kharma) 때문에 환생할 수밖에 없는 사람은 다시 인간 세상으로 돌아갑니다. 이 환생의 영들은 수행이 낮은 영들로 각자가 환생을 원해서 인간 세상으로 되돌아 왔고, 잉태되어 다시 태어났으나 전생에 가졌던 부귀영화는 없어졌고 전생의 일가친척 그 누구도 알아볼 수 없습니다. 맨손으로 또다시 죽음이라는 목표를 향해 달려야만 하는 운명입니다. 그러나 중음(中陰 : 바르도)에서 이 세상으로 다시 보내지는 것 또한 하늘이 한 번 더 기회를 주는 것이므로 성스러운 일입니다.

그런데 중간영계나 바르도에서 이런 절차를 거치지 않고 곧바로 VIP 통로를 따라 천사의 안내를 받으며 천계(천국)로 들어가는 사람들이 있습니다. 그들은 모두 깨끗한 영혼을 가진 사람들입니다. 이들은 이승에서의 많은 수행(자비, 봉사, 양심의 삶)으로 사랑이 충만된 사람(깨달은 자)과 유아(어린이), 장애인, 가난한 이, 바보 얼간이로 천대받은 사람들입니다. 이승에서 VIP 통로를 주로 이용하며 살던 사람은 별로 없답니다.

천국에 들어가는 방법은 저승에는 없고 이승에서 미리 터득(수행의 완성)해야 합니다. 하늘은 "이승에서 네가 선하게 살거나 악하게 살거나는 네 마음대로이다"라는 '자유의지'를 모두에게 주었습니다. 이것을 '절대 자유'라 하며 동시에 '절대 책임'이 따릅니다. 이것이 바로 "The kingdom of heaven is at hand : 천국은 내 손(내 마음먹기)에 있다" 입니다. 즉 천국에 가고 못 가고는 내 하기 나름이라는 것입니다. '어떻게 살았느냐'는 저승 입구에서 결정됩니다. 내 자유였으므로 누구를 원망할 수도 없는 일입니다. 저승을 가봐야 이승의 자유가 공짜가 아니었음을 알 수 있답니다.

적멸 8-임종臨終 이야기

　임종은 어떤 사람이 운명(죽음)의 순간을 맞이할 때 남은 자(유가족)가 그 사람의 곁을 지킨다는 뜻입니다. 남은 자가 죽는 자를 배웅하는 하직(떠나보내는) 인사입니다. 임종을 옥편에는 '부모의 죽음을 자식이 지켜봄'이라 했고 국어사전에는 '부모가 세상을 떠날 때 자식이 그 옆에서 보고 있음'이라 했습니다. 둘 다 자식이 하는 것으로 되어있습니다. 그러나 요즈음은 장례보조사나 호스피스 병동의 아지매가 주로 합니다.

　임종은 매우 중요한 일입니다. 자식이 임종을 해야 부모의 영혼이 가장 의식이 있는 상태로 차원 이동을 할 수 있다는 것입니다. 사자(死者)의 의식체(영혼)는 자식이 자기 인생의 전부였기 때문에 마지막까지 함께 하고 싶은 것입니다. 특히 어머니는 큰 인연으로 잉태한 자식이 육신을 벗는 순간까지 옆에 있어야 마음이 편안합니다.
　죽음의 순간에 접한 의식체(영혼)의 상태를 사유(死有)라 하며, 이

때 의식체는 저세상으로 차원 이동(찰나 이동)을 하는데 보통사람은 이 탈바꿈을 매우 두려워한답니다. 그러니 임종을 하는 자식은 사자의 두려움을 크게 해소하겠지요. 여기서 수행이 깊거나 깨달은 사람은 두려움 따위는 없을 것입니다. 실제로 오늘날에는 부모와 떨어져 살기 때문에 자식이 임종하는 게 참 어렵습니다. 심지어 며칠 동안을 기다리다가 잠깐 화장실 갔다 온 사이에 그만 임종을 놓치는 불효를 저지르고는 평생을 후회하면서 살기도 하지요.

임종의 자세 : 부모님의 사유(死有)의 순간(영혼이 차원 이동하는 찰나) 자식은 부모의 손을 꼬옥 잡고, 부모님이 천국에 가기를 바라며 기도합니다. 이때 기도와 함께 경(성경, 불경)의 낭송을 계속합니다. 유교에서는 곡을 하는데 사자(死者)에게 영혼의 유체이탈을 알리며 영혼을 안정시키기 위함입니다.

티벳의 영 지도자 두그파 린포체는 "죽어가는 이의 손을 꼭 잡아 주라! 죽음의 순간에 그가 혼자 있게 하지 말라! 건너가는 이가 너무 힘들어하지 않도록 같이 있으며 배웅하라!"라고 임종의 임무를 역설했습니다.

법정 님은 "자기가 평소 살던 집에서 자식 친지의 배웅을 받는 것이 좋다. 떠나는 이의 손을 꼭 잡아서 그의 길을 배웅함은 그 영혼이 저승길을 두려움 없이 갈 수 있다."라고 했습니다. 또 "현대의학은 죽어가는 사람을 사후로 인도하는 단 한마디의 조언도

갖고 있지 않다. 죽음 직전에 있는 사람에게 강력한 약과 주사를 투여하여 오히려 의식을 지닌 채로(깨어있는 의식 상태로) 죽음을 맞이하는 것을 방해한다."고 했으며 병원이나 시설 등에서의 죽음을 경계했습니다. 이런 곳에서는 자식이나 친지의 임종을 기대할 수 없기 때문입니다.

인생은 두 번 웁니다. 처음은 생유(生有) 후 평화롭고 자연스러운 자궁 속의 의식 상태에 있다가 출생 시 현재 의식의 세계로 나오는 두려움에서 웁니다. 나중은 내 영혼의 임시 거처인 육신을 주신 부모의 영혼이 사유(死有 : 저세상으로 이동)를 맞으니 부모님 가는 곳을 몰라 그 두려움에서 웁니다.

도반님네들! 모든 현상은 꿈이랍니다. 우리가 무심의 배를 타면 저절로 니르바나 항에 도달하니 모든 슬픔은 소멸되는 것입니다.

적멸 9-죽음의 기술

　육신의 죽음은 병에 의한 것(病死)과 각종 사고에 의한 것(事故死)이 있습니다. 여기서 자살(Suicide)도 육신 죽음의 하나이지만, 자살은 자연사(自然死)의 범주에 들지 않습니다. 자살은 본인 스스로가 결정해버렸기 때문에 천륜(하늘의 뜻)에 어긋나는 일입니다. 이런 혼은 하늘의 관리 밖인 낙오영이 된다고 하며, 단테 신곡에서 자살영은 34 지옥 중 13곡 나무 지옥에서 고통을 받습니다. 수행에서는 자살영은 취급될 수 없으며 각 종교마다 자살이 영혼적으로 얼마나 나쁜 행위인지에 대해 열심히 설교하는 이유입니다. 늙어 천수를 다한 사람도 육신을 벗을 때가 되면 짧은 기간이나마 몸에 병(폐렴, 심장마비 등)이 들므로 병사에 해당됩니다. 사고사는 사고 예측을 못 하여 죽음에 대한 대비는 없었지만, 그 영혼은 하늘의 관리하에 들어간답니다.

　이승에서 수행으로 이미 깨달은 사람은 신과 합일이 되었고 자기가 육신을 벗는 일시를 이미 다 알고 있으므로 죽음의 기술 같은 것은 당연히 불필요하겠지요.

보통 사람은 죽음이 무섭고 두렵습니다. 죽음 자체에 대한 두려움보다는 병든 육체의 고통과 저승에 대한 두려움이 더 클 것입니다. 이 두려움 때문에 동방삭이는 무려 십팔만 년을 도피 및 도망을 다녔고, 진시황도 불로초 구한다고 여러 사람을 고생시킨 것입니다.

여기 선각자들이 말씀한 보통 사람이 죽음을 맞이할 때 취하는 '죽음의 기술'을 소개합니다. 그것은 '명상에 의한 두려움의 극복', '죽음 찰나에서의 마음자세(깨어 있어라 : 존 우드로프)' 그리고 '깨어있는 죽음(법정, 에반스 웬츠)과 남은 자(유가족)들의 고려사항'입니다.

가. 두려움의 극복

명상 1. 하늘이 생명을 만들고 또한 죽음도 만들었다! 하늘이 이 두 가지를 만든 데는 분명한 이유가 있을 것이다! 그것은 인간을 위하여 만들었을 것이다! 하늘 뜻에 따르겠다! 죽음은 악이 아니고 축복임을 믿는다!(반복)

명상 2. 죽음은 의무다! 사람의 도리다!(반복)

죽음 직전에 이렇게 명상을 할 정도면 상당히 의식이 맑아야 되겠지요? 평소의 수행으로 가능할 것입니다.

나. 죽음의 찰나에서의 마음 자세

"깨어있어라!" 성직자들이 마이크만 잡으면 외쳐대는 말입니다. 평소 성도(수행자)들이 정신 차리고 깨어있어야 신과 접속할 수 있다는 이야기지만, 여기서는 죽음을 맞는 사자(死者) 자신이 '죽음을 의식하고 죽는 것'을 말합니다. 다른 말로는 "영혼의 차원 이동(찰나 이동) 시 정신을 잃지 말라"는 뜻입니다. 혼의 육체이탈 시에 의식이 단절되지 않도록 하라는 것입니다. 능동적 죽음 즉 "죽음을 맞이하라!"는 것입니다. 나를 맞이하는 누군가의 인도를 받을 수 있다는 뜻 아닐까요?

"좋은 미래로 가는 입구다!" "가능성의 세계가 거기 있다!"라는 희망의 의식을 유지하도록 "깨어 있어라"는 것입니다.

다. 깨어있는 죽음(법정, 에반스 웬츠)

"죽음의 순간 의식이 깨어있는 상태로 죽음을 맞이해야 한다" 법정 님의 말입니다. 어떤 선사가 제자들을 모아 놓고 "나 간다이~!" 하고 육신을 벗는 것이 대표적인 '깨어있는 죽음'입니다. 보통 사람은 어려운 이야깁니다. 생전에 수행이 깊었던 사람도 병원에서 처치한 주사 약물로 인한 정신의 혼돈 때문에 죽음의 순간 의식을 지니기 어렵게 된다는 것입니다.

남은 자들의 고려사항

법정 님은 "소생이 불가능한 환자는 병원이나 시설 같은 데서 약물로 고통을 해소하기보다는 평소 자기가 살던 집에서 친지들의 배웅을 받으면서 죽음을 맞이하는 게 옳다. 산소호흡기와 약물 주사 등은 쉬러 가는 사람을 자꾸 붙잡는 일일 뿐이다. 현대의학은 죽어가는 사람을 사후세계로 인도하는 단 한 마디의 조언도

갖고 있지 않으며 강력한 약물 주사로 그가 의식을 지닌 채 죽음에 직면하는 것을 방해한다."라고 안타까워했습니다.

사실 보통의 자식들은 환자의 고통을 보고 감히 집으로 모셔올 엄두도 못 내고 맙니다. 또 편리한 영안실과 장례식 제도 때문에 그렇기도 합니다. 그러나 환자는 자기가 살던 집이 가장 '깨어있는 죽음'을 맞이하기 좋은 곳이랍니다. 어떤 이는 "집에 가고 싶다"는 어머니의 말씀을 미루다가 시설에서 돌아가시게 되어 평생을 후회하기도 합니다.

님네들! 범한테 물려가도 정신을 차려야 한다고, 사자 본인이 평소에 죽음의 찰나에 대비하는 훈련을 해 둬야 할 것입니다. 실제 죽음에 직면했을 때 '마음의 평정 상태'와 '분명한 의식상태'를 유지할 수 있는 기술(?)연마 말입니다.

수행이 깊은 자나 성직자들을 가만히 보면, 그들은 항상 깨어있다는 것을 알 수 있습니다. 그들은 항시 정갈합니다. 일요일인데도 깨끗이 면도를 하며, 읍내에 나갈 계획이 없는 데도 옷을 단정히 입고 있습니다. 언제 어디서 어떻게 불러도 즉시 떠날 준비가 완료된 상태로 살고 있습니다. 이들은 죽음 따위는 두렵지 않습니다. 비틀스가 노래하는 "내 갈 곳은 어디메뇨?"가 아니니까요.

June. 10.

적멸 10-잘 죽는다는 것

티벳의 시(詩)입니다.(법구경)

"세상이 아무리 넓어도

공중에도, 바닷속에도, 산속에도, 바위틈에도

은신할 곳은 아무 데도 없네!"

죽음을 피할 수는 없다. 받아들여라. 그리고 극복하라는 것입니다. 죽음의 극복 방법은 수행(修行)입니다.

독일의 노래입니다.

"나는 살고 있다. 그러나 그 길이는 모른다. 그러면서 태평스럽게 있으니 스스로 놀랍다.

나는 죽는다. 그러나 그것이 언제인지 모른다. 그러면서 태평스럽게 있으니 스스로 놀랍다.

나는 가고 있다. 그러나 어디로 가는지 모른다. 그러면서 태평스럽게 있으니 스스로 놀랍다."

독일 사람들도 죽음을 걱정하는군요.

"죽음을 걱정하지 않는 사람은 죽음을 극복한 사람이며, 수행을 완성한 사람이다." 우리는 이들을 '깨친 자'라 하며 최후의 승리자라 합니다.

"삶의 목적은 잘 죽기 위해서입니다. 잘 죽는다는 것은 영생의 길로 가는 죽음입니다. 삶은 영생으로 가는 준비 기간입니다. 잘 죽고 잘못 죽고는 이 준비 기간에 잘 살았나 잘못 살았나가 결정합니다. 잘 삶은 진리의 삶입니다. 진리의 삶은 하늘의 뜻대로 사는 것입니다. 하늘의 뜻은 사랑입니다. 사랑은 모든 것을 녹이는 용광로입니다. 사랑하면 욕심도 없어집니다. 사랑의 완성과 무욕의 완성이니 곧 깨달음이며 신과 합일입니다. 곧 영생입니다." 참 쉽지요? 이 글처럼 쉬우면 얼마나 좋겠습니까만 이 수행과정을 다 풀어 놓으면 팔만대장경이 됩니다. 어쨌든 잘 삶은 '사랑과 무욕'의 삶이니 이것이 '잘 죽는 죽음'에 이르는 길입니다.

'죽음 이전에 죽는 자가 진정한 자유인'이라 합니다(비노바 바베). 매일 매일 죽으므로 죽음이 생활화되면 마지막 죽음은 육신을 벗는 일뿐이랍니다. 매일 죽는다는 것은 매일 내 마음을 하수도 구멍에 버리라는 뜻입니다. 내가 없어지는 것(무아)이 '잘 죽는 것'입니다.

잘 죽는다는 것은 윤회계를 벗어나는 일입니다. 깨달음 말입니다.

어떤 큰 스님이 일갈하기를 "머이가 깨달음이 그렇게 어렵다 캐쌌노? 욕심이라는 놈만 죽여 버리면 된다 카이!"

적멸 11 – 의식체(혼)의 상태

죽음을 알고자 하는 자는 신비주의자가 되어야 한답니다.

부처님이 말씀하시기를 "사람으로서 면할 수 없는 네 가지 일이 있소!"

"중음(中陰)으로 있으면서 생(生)을 받지 않을 수 없고······ 生,

한 번 태어났으면 늙지 않을 수 없고·························老,

늙어서는 병이 들지 않을 수 없고·····················病,

이미 병들었으면 죽지 않을 수 없소!·················死"

인생살이의 12고(苦) 중 4고(四苦)입니다.

사람이 태어나서 죽고, 또 태어날(還生 : 환생＝윤회＝삼사라) 때까지의 의식체(영혼)의 1기(期)를 네 가지로 나누어 표시한 것을 사유(四有)라고 합니다. 물론 깨달은 영혼은 해당되지 않습니다. 4유는 이승에서 영혼이 어떤 상태에 처해 있는가를 나타낸 것입니다.

여기서 '영혼'은 우리나라 고유 신앙 및 기독교식 표현이며, 불교에서는 '참나(진아) 또는 의식체', 이슬람에서는 '루', 힌두(우파니샤드 포함)에서는 '아트마'라 함.

四有는

1. 생유(生有)-탄생(잉태) 순간의 영혼의 상태(영혼의 차원 이동 : 찰나 이동)

2. 본유(本有)-육신을 받은 이승에서의 상태(현재 의식)

3. 사유(死有)-죽는(육신을 떠남) 순간(찰나)의 상태(영혼의 차원 이동)

4. 중유(中有)-죽어 다음 생을 받을 때까지의 상태. 중음(中陰)이 라고 함.

아래 그림은 이해를 돕기 위함이며 실제로 지상계(현재계)와 천 상계(실재계)는 그 차원이 다르므로 그림처럼 평면 관계가 아닙니 다. 그러니 물리적인 경계 같은 것은 없습니다.

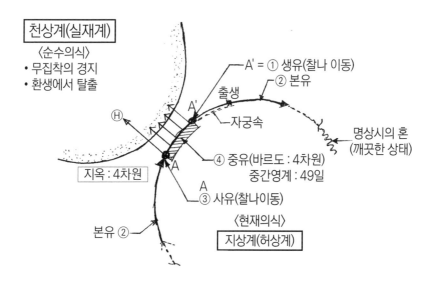

중유(中有)를 티벳 불교에서는 '바르도(Bardo)'라고 합니다. 타 종교에서는 '중간영계'라 하며, 이승에 속하나 4차원입니다. 중유에 도착한 영혼 중 저급영혼(수행이 모자라 의식이 낮은 혼)을 중음(中陰)이라고 합니다. 이런 혼은 다시 생(生)을 받아 지상상계에 재탄생하는 것입니다. '티벳 사자의 서'는 사람이 죽어 그 영혼이 처음 도착하는 이 바르도에서 일어나는 일과 그 대처방법에 대하여 사자(死者) 자신과 유족(가족, 친지, 성직자)이 취해야 하는 행위(기도)가 설명되어 있습니다. 바르도 49일간은 3단계인데 각 단계는 영혼의 정제 정도(수행의 정도)를 나타낸다고 볼 수 있습니다.

위 그림의 큰 화살표(H)는 영혼이 바르도에 들지 않고 바로 천국에 들어갈 수 있는 VIP 통로입니다.

성경 요한복음 5장 24절에는 "나의 말을 듣고, 보낸 자(그리스도)를 믿는 자는 영생을 얻었고(has eternal life) 심판에 이르지 아니하니 사망에서 생명으로 옮겼느니라."인데 여기서 "심판에 이르지 아니하니(not be condemned)"는 위 그림의 중간영계(바르도)를 거치지 않는다는 말이며, 또 "생명으로 옮겼느니라(has crossed over)"는 VIP 통로를 따라 바로 영생으로 간다는 뜻으로 해석됩니다. 이들은 이승의 삶에서 자비행(慈悲行)을 완성(무집착의 완성)한 사람, 어린이, 유아, 장애인, 얼간이, 성직자 등 영혼이 완전히 깨끗해진 사람들입니다.

바르도에서는 계속 천상계로 갈 챤스가 주어집니다(작은 화살표). 그러나 많은 중음(中陰 : 저급령)은 이승에서의 업(業 : Kharma)으로 인한 업력 때문에 결국 환생을 택하게 된답니다.

생유(生有 : 그림의 1. 잉태의 순간) 시 영혼(의식체)이 자궁 속으로 들어가 새로운 육신을 받는 방식은 사유(死有 : 그림의 3. 죽음의 찰나) 시 영혼이 육체를 이탈하는 방식과 같다고 합니다. 이것은 순간에서 일어나는 '영혼의 차원 이동'인데 둘은 진입과 이탈로 서로 반대 방향입니다.

이 신비한 차원 이동은 물론 신의 업무 범위에 속할 것이며 이승에서 깨달은 사람은 이제 더 이상 생유(1)는 없습니다. VIP 통로는 영생으로 가는 길이니까요.

여기서 우리나라는 생유의 순간 영혼이 자궁으로 이동했으니 10개월 후 태어날 때는 한 살(1세)로 봅니다. 다른 나라는 태어나는 순간은 영 살(0세)로 봅니다. 우리 조상님들은 영혼의 지상(3차원) 거주 나이를 사용했고 선각자 천상병 님도 잉태 순간에 영혼이 깃든다고 했습니다.

쉽게 말해서 바르도는 훈련소(인간 세상의 수행) 끝내고 수용연대(보충대)쯤에 도착한 것으로 볼 수 있는데 이때의 중음(中陰 : 지금 혼)들은 환생을 무척 갈망합니다. 이승에서의 나의 권력, 내 돈, 맛있는 술, 강남의 내 빌딩, 쾌락의 추억, 사랑하는 가족, 심지어 귀여운 손자 생각 때문입니다. 그래서 어떤 인연의 자궁을 통해서 또 환생을 하게 됩니다. 그러나 그는 과거 의식을 전혀 기억할 수 없는 한 명의 유아일 뿐입니다. 그리고 그는 또 하나의 생(生 : 3차원)을 고(12苦) 속에서 한 번 더 죽음이라는 목표를 향해 신나게(?) 달려야 합니다.

그렇다면, 내 사랑하는 가족 친지는 영영 만날 수 없단 말인가? 아니지요! 조물주는 그렇게 허술하게 공사하는 분이 아닙니다. 당연히 만날 수 있지요. 단, 이 지상(3차원)에서는 만나더라도 서로 알아볼 수가 없습니다. 영혼(의식체)이 새 육신을 받으면 잠재의식은 10%만 남고 현재의식이 90%가 됩니다. 그러니 일반영혼은 오늘 만나는 사람이 과거 나의 친지라는 사실을 까맣게 모르고 함부로 대하게 됩니다. 또 그새 여러 생이 바뀌어 친지들은 이미 이 세상 사람이 아닐 수도 있습니다.

신은 이 만남을 오직 천국(극락)에서만 가능하도록 맹글어 놓았답니다. 그래서 모두 천상에 들기 위해 열심히 수행하는 것입니다. "어느 천 년에!?"라고 포기하지 마세요. 모든 것이 순간이며 찰나입니다.

고로 일단 천상에 들어가는 자격증(사랑의 완성, 무욕의 완성)만 따면 저절로 천상에 올라 모두를 만날 수 있답니다.(스베덴보리)

July. 10.